HERÓIS POR ACASO

HERÓIS POR ACASO

ESPIONAGEM NO BRASIL DURANTE A SEGUNDA GUERRA MUNDIAL

PAULO VALENTE

1ª edição

EDITORA RECORD
RIO DE JANEIRO • SÃO PAULO
2025

CIP-BRASIL. CATALOGAÇÃO NA PUBLICAÇÃO
SINDICATO NACIONAL DOS EDITORES DE LIVROS, RJ

V25h Valente, Paulo
Heróis por acaso : espionagem no Brasil durante a Segunda Guerra Mundial / Paulo Valente. - 1. ed. - Rio de Janeiro : Record, 2025.

Inclui bibliografia
ISBN 978-85-01-92312-7

1. Guerra Mundial, 1939-1945 - Ficção. 2. Ficção histórica brasileira. I. Título.

CDD: 869.3
24-95370 CDU: 82-311.6(81)

Meri Gleice Rodrigues de Souza - Bibliotecária - CRB-7/6439

Texto revisado segundo o Acordo Ortográfico da Língua Portuguesa de 1990.

Direitos exclusivos desta edição reservados pela
EDITORA RECORD LTDA.
Rua Argentina, 171 – Rio de Janeiro, RJ – 20921-380 – Tel.: (21) 2585-2000.

Impresso no Brasil

ISBN 978-85-01-92312-7

SUMÁRIO

Parte I – Lealdade a si próprio

Parte II – Felix Becker

PARTE I
LEALDADE A SI PRÓPRIO

Nota à edição brasileira

Em recente viagem de trabalho ao Reino Unido, fui apresentado ao eminente professor e historiador George Smiles, da University of East Anglia. Tendo sido informado de minha nacionalidade brasileira, e construído comigo uma relação de amizade, Smiles confiou a mim, em segredo, suas anotações para um livro sobre o Brasil na Segunda Guerra Mundial, os conflitos pessoais e familiares, no meio da instabilidade política e da indefinição sobre a inclinação do governo Vargas a favor dos Aliados ou do Eixo.

Dois meses depois do envio das provas do livro a Norfolk, sede da universidade, que fica a três horas de Londres, telefonei para saber de uma resposta e fui informado pelo reitor que o professor Smiles havia sido aparentemente sequestrado, estando a investigação a cargo da Scotland Yard. Há registros de ameaças anteriores a Smiles por parte de extremistas dissidentes do BNP (British National Party), organização considerada neonazista já com dois membros eleitos no Parlamento europeu. Ninguém, entretanto, assumiu o sequestro nem houve, até o momento do fechamento desta edição, contato ou pedido de resgate.

Os relatos são, em princípio, verdadeiros; porém, considerando a idade avançada de Smiles, 97 anos, há o risco de alguma fantasia ou incorreção de dados, principalmente porque não o alcançamos para revisar as provas. Não obstante, com estas ressalvas, pela tradução e transcrição, assino.

Paulo Valente

PREFÁCIO

A invasão da Polônia pelo exército alemão em 1º de setembro de 1939 – a despeito de diversas ações precedentes, especialmente a anexação da Áustria (*Anschluss*), consentida e aplaudida pelos austríacos, em 1938 – é oficialmente considerada o início da Segunda Guerra Mundial. Todas essas ações políticas e militares decorriam da busca pelo "espaço vital" (*Lebensraum*) visando assegurar o crescimento germânico em termos populacionais e econômicos, por meio do acesso a recursos naturais mais importantes que os existentes em solo alemão. Segundo os idealizadores do projeto de domínio alemão sobre a Europa, a construção do império somente poderia ser assegurada através de uma guerra.

A Segunda Guerra correspondeu a um dos últimos movimentos de força para a formação de impérios que caracterizou a Europa desde o século XVII. A Inglaterra e a França desejavam manter seus impérios mundiais, enquanto a Alemanha, a Itália e o Japão sonhavam em implantar seus próprios impérios.

Em 3 de setembro, dois dias após a invasão da Polônia, a Inglaterra e a França declararam guerra à Alemanha, tendo o Brasil se mantido neutro na ocasião. Somente dois anos e meio mais tarde, um mês após os japoneses atacarem Pearl Harbour, em janeiro de 1942, é que o Brasil romperia relações com o Eixo, e em agosto do mesmo ano, após o afundamento de vinte cargueiros brasileiros, resultando em 743 mortes, entraria finalmente na guerra.

O despreparo das Forças Armadas brasileiras fez com que soldados desembarcassem no teatro de operações da Itália somente em 16 de julho de 1944, quase cinco anos após o início da guerra e faltando apenas dez meses para seu término na Frente Ocidental, em 7 de maio de 1945.

Por que a participação brasileira no conflito tardou tanto e foi relativamente tão pequena? Em primeiro lugar, por se tratar de um país sul-americano, o Brasil não estava diretamente ameaçado. Em segundo lugar, a ditadura Vargas hesitava entre apoiar os Aliados ou o Eixo, na expectativa de se beneficiar com uma aliança com o possível vencedor, enquanto auferia vantagens de sua posição indefinida com ambos os lados até quando fosse possível.

É indispensável registrar que até o momento do desembarque dos Aliados na Normandia, em 6 de junho de 1944, e a confirmação de sua entrada firme na Europa, não se podia definir efetivamente qual dos lados sairia vitorioso.

O Brasil, embora distante, estava nos planos de Hitler, já que, nas palavras do Führer, no país "se acham reunidas todas as condições para uma revolução que permitiria transformar um Estado governado e habitado por mestiços numa possessão germânica".

O fenômeno da enorme imigração estrangeira ao Brasil, a partir de meados do século XIX, em particular de alemães, italianos e japoneses, oriundos de países do Eixo, tornava essa possibilidade mais real e motivo de grandes dramas pessoais e familiares, assim como proporcionava oportunidades de espionagem, um tanto abafadas pela grandiosidade da guerra e a relativa participação dos brasileiros.

Além de o Brasil ter entrado na guerra somente depois de transcorridos mais de dois terços de sua duração, com a participação de 25 mil pracinhas, as quase 450 baixas militares somadas às vítimas dos afundamentos de navios brasileiros constituíram perdas modestas e um contingente reduzido frente ao total das tropas Aliadas. Isso porque se estima que combateram pelos Aliados cerca de 50 milhões de militares (20 milhões de russos, 16 milhões de americanos dos Estados Unidos, 5 milhões da França, 4,7 milhões da Inglaterra e 3,7 milhões da Iugoslávia, mencionando apenas os que se contam aos milhões). Ao passo que, pelo Eixo, lutaram 23 milhões de soldados, dos quais 10,8 milhões de alemães, 7,4 milhões de japoneses e 4,5 milhões de italianos.

As baixas entre Aliados e o Eixo, contando militares e civis, são estimadas em mais de 50 milhões, pelo menos, sendo que, desse total, apenas cerca de 450 eram brasileiros. É claro que esses números absurdos não diminuem a significação de uma vida individual, ainda que sua importância se torne relativa ante os assombrosos totais.

A derrota final dos sonhos imperialistas das potências do Eixo, com o final da guerra, trouxe nova configuração geopolítica ao mundo, conduzindo à estabilização temporária da ordem global. Inglaterra e França abandonaram seus respectivos impérios; o comunismo assumiu o controle de grande parte da Ásia e da Europa Oriental; enquanto os Estados Unidos usaram o poder consolidado no conflito para manter e ampliar seus interesses no mundo não comunista.

Tendo sido a Segunda Guerra marcada como uma ação predominante de informações e do uso militar da aviação, dos submarinos e tanques, como grandes inovações na tecnologia da morte, o sistema de inteligência no Brasil produziu fatos notáveis, objetivo da seguinte narrativa do eminente professor George

Smiles, que vem a lume no octogésimo aniversário do heroico desembarque na Normandia em 1944, início do fim da guerra, que ainda duraria amargos e sangrentos dez meses.

Vamos direto aos relatos, que falam por si.

Dr. Piero della Francesca
Professore Dottore
Università degli Studi di Torino
Via Verdi, 8 – 10124 Torino, Italia

1. AMÁLIA RICCI

Setembro, 1917

Estrasburgo, 27 de setembro de 1917

Herr Daniel,

Já começo por pedir desculpas pela falta de notícias nossas. Não é pouca coisa estarmos sendo batidos na guerra, que já avança por três longos anos, de modo que nosso brio não é mais o mesmo, sem falar da falta de objetivos: lutar, lutar e tantas vezes perder.

Fui obrigado a me recolher – já faz quatro semanas – ao hospital de campanha de Estrasburgo em virtude de uma pneumonia que aos poucos vai cedendo com os exercícios respiratórios e a alimentação mais adequada.

Minha viuvez faz com que, nos raros momentos de licença, eu não tenha exatamente para onde retornar, a não ser para minha pequena Stephanie, 10 anos recém-completados. Ela vem sendo criada por minha irmã mais moça, em condições que nem minha patente de oficial superior permite tornar mais confortáveis. Ela está no convento de Baden-Baden, não muito longe daqui, mas é um local inapropriado para quem precisa do respaldo de uma família constituída, fora dessa guerra sem sentido, ainda mais para uma menina cuja compreensão do que está ocorrendo ao seu redor é impossível. Mas nada posso fazer, pois c'est la guerre, *como dizem nossos inimigos franceses.*

Estou refletindo acerca do seu convite para nos instalarmos na Argentina, ainda antes do final da guerra, o que fará de mim um desertor e colocará em segundo plano meus ideais de espalhar a germanidade além das fronteiras exíguas às quais ficamos confinados. É o preço que se paga por manter a lealdade a si próprio.

Você assegura que as condições na Argentina são muito propícias: um país com muitos recursos naturais, amigo dos alemães, com um clima não tão diferente do nosso, quem sabe o sonho de uma Deutsche Südamerika. *Nesse sentido, no meu íntimo, não seria "desertar", e sim lançar, com um grupo de amigos fiéis, uma base na América do Sul, a partir da qual poderíamos estender nossos ideais.*

Há um navio que sai de Hamburgo na primeira semana de janeiro, com previsão de longo percurso e diversas escalas, mas que um dia aportará em Buenos Aires, onde contaremos, um viúvo e sua filha, com a gentileza de sua acolhida temporária, até que possamos encontrar um lugar só nosso. Seu generoso oferecimento de um quarto em que pai e filha possam se acomodar, até que eu ache trabalho digno, é uma bênção que não haveremos de esquecer.

Quero que Stephanie, mesmo longe da mãe pátria alemã, possa aprender a língua e a cultura germânicas, sem necessariamente perder o contato com a vida argentina. Assim, peço o favor de verificar desde já as condições de matrícula de Stephanie na escola alemã para o início de março.

Como já tive oportunidade de comentar, consegui com amigos passaportes italianos em nome de Domenico e Amália Ricci, de modo que quando chegarmos veremos o que será melhor como identificação; mas na lista de passageiros nos procure com esses nomes.

Pretendo chamar o mínimo de atenção e logo que possível conseguir um emprego de técnico em mecânica, já que meu diploma de engenheiro leva meu nome real, Johann Eisner. Modificá-lo seria um tormento, e não posso recorrer ao Consulado alemão para nada, pelo menos nos primeiros anos, em que posso ser identificado como desertor. Só Deus sabe das minhas convicções íntimas.

Por questões de segurança, não espero sua recepção no porto. Irei direto para um hotel e me registrarei como Domenico Ricci e, de lá, essa identidade desaparece para sempre, já que você adianta que poderei obter documentos argentinos com meu nome verdadeiro.

Quanto ao trabalho, espero que se confirme sua expectativa de que a Thyssen Buenos Aires esteja com vagas correspondentes à minha formação técnica e, depois, certamente irei galgando posições superiores.

Dos portos em que fizermos escala, enviarei telegramas para você, comunicando de forma discreta a previsão de nossa chegada.

Permita Deus que Stephanie e eu possamos nos juntar a amigos tão queridos e devotados com a maior brevidade, para que o pesadelo que estamos vivendo seja revertido com um recomeço.

Saiba que nosso agradecimento pela sua acolhida será eterno.

Até breve, o seu
Johann

*

Janeiro, 1918

Johann tinha domínio suficiente do italiano para que pudesse embarcar no navio em Hamburgo com o nome de Domenico, mas Stephanie recebeu do pai orientação para permanecer calada, com um grosso cachecol enrolado, para simular doença respiratória. Ela circularia pelo convés o mínimo possível, mantendo-se no pequeno camarote, com o pai lhe trazendo as refeições.

O embarque ocorreria em Hamburgo, um dos maiores portos da Europa, o que tinha a vantagem de dificultar a identificação. No frio ventoso do dia 10 de janeiro, o desequilíbrio do ainda convalescente Domenico tornou penosa a subida à embarcação, carregando duas malas. A viagem para Buenos Aires tinha diversas escalas previstas: Le Havre, Lisboa, Dacar e, já no continente americano, Recife, Salvador, Rio de Janeiro, Santos, Montevidéu e, finalmente, Buenos Aires. O impostor Domenico pretendia ficar a bordo durante todas essas escalas, de modo a prevenir a ocorrência de qualquer incidente capaz de desmascará-lo.

Italianos rumando para a América do Sul não eram raros e, embarcando em navio de carga, haveria menos passageiros para indagar o que quer que fosse. São Paulo e Buenos Aires já tinham considerável colônia italiana desde a segunda metade do século XIX, e mais uma família não deveria chamar atenção.

Com documentos falsos de alta no hospital, o tenente-coronel Johann Eisner teria uma licença de alguns dias até se reapresentar na sede da Luftwaffe, em Munique, mas seguiria em outra direção: o porto de Hamburgo. Quando sentissem sua falta, ele já estaria em águas internacionais em companhia da filha, como os passageiros Domenico e Amália.

Os remédios que Domenico conseguiu no hospital não seriam suficientes para as três semanas de viagem, mas ele esperava que os ares marinhos e o repouso suprissem a falta de medicamentos. Amália. foi obrigada a deixar seus livros para trás, já que carregar livros em alemão certamente não combinava com a nova identidade italiana.

*

Fevereiro, 1918

O frio agravado pela falta de aquecimento a bordo e a sopa rala quase sem nutrientes não foram de grande valia para o convalescente Domenico. Amália, por sua vez, ficou encarregada de buscar as refeições na cozinha e cuidar do pai, que, febril, praticamente não se levantava mais. A comida era pouca, mas ainda assim ele preferia passar a maior parte para Amália.

Em Dacar, o comandante do navio fez subir a bordo o médico francês do porto. Ele constatou que a pneumonia já atacara os dois pulmões; isso tornava as perspectivas ruins. Sua recomendação era transferir Domenico para um hospital. Contudo, temendo ser desmascarado, o ex-tenente-coronel Johann Eisner insistiu em ficar no camarote: entre a morte provável pela doença e a morte certa pelo reconhecimento e pela deserção, ele apostou na possibilidade de recuperação quando, afinal, chegassem a Buenos Aires.

Na manhã de 7 de fevereiro, na entrada do porto de Buenos Aires, Domenico abriu os olhos com dificuldade. Percebeu que estavam aportando e, assim, sua missão estava parcialmente cumprida, mas ainda pretendia entregar Amália a Daniel, que a ajudaria a se adaptar ao país novo e à língua estranha. Ao sentir a primeira brisa vindo do continente, Domenico fechou os olhos pela última vez.

Daniel Provinciano ficara preocupado com a falta dos prometidos telegramas e havia resolvido esperar a "família de italianos" no porto.

Depois de aguardar horas sem ver Domenico descer, finalmente obteve permissão para ir a bordo. Encontrou Stephanie à cabeceira de seu amigo Eisner, já com os tripulantes organizando o desembarque do corpo.

Para Amália, o que deveria ser apenas o fim de uma viagem marítima representava o início de uma aventura solitária longe de sua terra natal.

No enterro do tenente-coronel Johann Eisner, sem honras militares, Amália fez uma promessa: recuperar a imagem do pai e jamais se afastar da Alemanha.

*

Março, 1920

A família Provinciano era solidamente constituída: o pai Daniel, a mãe Ângela, o filho Henrik, de 14 anos, e Ernestina, empregada da família, uma brasileira do Rio Grande do Sul.

Não foi difícil aceitar Amália nesse lar, pois Ângela era filha de alemães e finalmente viu seu sonho de ter uma filha, por vias imprevistas, ser realizado.

Daniel seguia sua rotina de funcionário da Siemens Argentina.

Amália Ricci adaptou-se com facilidade ao Colegio Alemán de Temperley, e a convivência era tranquila com a família Provinciano. Aprimorou o alemão nativo, ao mesmo tempo que aprendeu o castelhano argentino e o português de Ernestina, impregnado de forte sotaque gaúcho.

Ficou atenta às aulas no Temperley sobre a derrota alemã na Primeira Guerra e as imposições draconianas do Tratado de Versalhes para a rendição da Alemanha. Tinha guardado as medalhas de Johann, escondidas no fundo falso da mala e, assim, refletia acerca de seu próprio passado germânico com um misto de orgulho e revolta.

*

Setembro, 1925

Ao completar 18 anos, Amália passou a receber as primeiras aulas a respeito do Nationalsozialistische, por influência da Embaixada alemã em Buenos Aires. Exemplares da primeira edição de *Mein Kampf* eram estudados em sala de aula, no último ano do colegial.

Desejando colaborar com o orçamento doméstico dos Provinciano, resolveu, entretanto, formar-se em paralelo como técnica de rádio, eletrônica e telecomunicações.

*

Março, 1919

Antônio do Couto Pereira ingressou em 1919 no Colégio Naval, no Rio de Janeiro, aos 12 anos. Desde pequeno já gostava de brincar de "marcha-soldado", de cantar hinos, era naturalmente organizado e estava sempre em primeiro lugar no ensino primário.

Em abril de 1917, forças alemãs abateram o navio Paraná, nas proximidades do canal da Mancha. Seis meses mais tarde, outra embarcação brasileira, o encouraçado Macau, foi atacado por submarinos alemães. Indignados, manifestantes exigiram uma réplica decisiva das autoridades brasileiras. O presidente Venceslau Brás estabeleceu uma aliança com os países da Tríplice Entente (Estados Unidos, Inglaterra e França). Manuel Augusto Pereira, pai de Antônio, fez parte da tripulação das forças navais brasileiras, morrendo a bordo, porém fora de combate, por conta da gripe espanhola.

A viúva, Dona Marília do Couto Pereira, mãe de Antônio, o caçula, não se surpreendeu com a opção do filho pelo Colégio Naval, pois havia a tradição familiar e a carreira era promissora e muito prestigiosa. Os dois filhos mais velhos já tinham se encaminhado no Seminário Arquidiocesano de São José e o outro morava com sua irmã paulista, para estudar na Faculdade de Direito do Largo São Francisco.

*

Março, 1930

Enquanto ainda seguia o curso técnico de rádio, Amália foi contratada como secretária bilíngue e tradutora no Consulado alemão em Buenos Aires. Para essa função, beneficiou-se naturalmente do idioma materno e dos exigentes estudos do Temperley, que nunca descuidou da gramática e do cultivo do alemão erudito.

Foi indicada por um professor de história do colégio, impressionado com seus estudos e com sua participação ativa nos debates em sala de aula, principalmente no que dizia respeito ao estudo dos dogmas do nacional-socialismo, em grupo particular que se formou após o ensino ginasial.

O cônsul Bernhard Graf von Waldersee já pressentia que Amália seria mais útil em outras funções, tendo em vista o fato de que a chancelaria em Berlim anunciava grandes planos.

*

Agosto, 1935

Após cinco anos de bons serviços, Von Waldersee vislumbrou uma oportunidade única: a pedido do Ministério da Defesa alemão, Amália foi chamada a integrar a colônia alemã de Neu-Württemberg, no Rio Grande do Sul.

A natureza de sua missão não era explícita, mas já era possível identificá-la como colaboradora eficiente para a expansão que se organizava. Além disso, a chancelaria já havia descoberto que o tenente-coronel Johann Eisner era seu pai, o que não foi revelado a Amália. Isso permaneceu como informação oportuna – em caso de necessidade, seria possível chantageá-la, para se redimir junto à Alemanha, em nome da família.

O fato de ter bom domínio do português, ainda mais com sotaque do sul do Brasil, em virtude dos muitos anos de convivência com a gaúcha Ernestina, qualificava Amália para uma missão que exigisse personalidade dupla.

Por uma coincidência bastante conveniente, Daniel Provinciano estava se aposentando da Siemens em Buenos Aires e, tendo chegado a diretor, conseguiu sem muito esforço um emprego para Amália na filial de Porto Alegre, na primeira central telefônica automática do Brasil.

*

Novembro, 1939

Em 1939, a Siemens inaugurou em São Paulo a primeira fábrica de transformadores do Brasil, para onde Amália foi transferida. Por instruções da chancelaria, em novembro ela foi novamente transferida, dessa vez para a Siemens do Rio de Janeiro, como correspondente comercial, encarregada das comunicações com a matriz em Munique, respondendo diretamente a Peter Löscher, que mantinha estreitas ligações com a chancelaria.

*

Fevereiro, 1940

Amália ficou morando na casa de uma tia, irmã mais moça de sua mãe adotiva, Ângela Provinciano, na rua Barão da Torre, em Ipanema. Passou a frequentar a praia aos fins de semana, nas folgas de seu trabalho na Siemens. Apesar de seus traços fisionômicos perfeitos, ela teve poucos e rápidos namoros em Buenos Aires, sem nunca chegar a estabelecer uma relação afetiva marcante.

Antônio Pereira seguiu sua formação no Colégio Naval, até que em 1939 aproveitou uma vaga na Marinha Mercante, no Lloyd Brasileiro, fazendo primeiramente rotas de cabotagem, sendo depois promovido para rotas internacionais entre Brasil e Estados Unidos. Atlético, solteiro e bem-sucedido, foi impossível que passasse despercebido a Amália, de modo que a aproximação entre os dois foi natural, decorrendo da atração mútua.

*

Março, 1940

O Unterseeboot 103 comandado pelo capitão Viktor Schütze emergiu ao amanhecer do dia 12 de março, perto de Niterói, na baía de Guanabara. Um barco inflável levou o major Hans Wald até a costa, onde era esperado pelo diretor-geral da Telefunken, Franz-Walter Kigell, proprietário de uma casa de praia em Icaraí.

Wald permaneceu três dias em Niterói se adaptando e recebeu um falso passaporte espanhol: Francisco González, comerciante de azeites. A identificação foi facilitada por ser filho de pai alemão e mãe espanhola, nascido em Madrid, quando seu pai era cônsul da Alemanha.

Instalado no Hotel Glória, Wald estabeleceu contato com o consulado e visitou alguns atacadistas de azeite na cidade como forma de manter o disfarce. À noite, recebeu a visita de Amália Ricci, que até então não tinha conhecimento da proposta que iria mudar sua vida. Cadastrada como "simpatizante", sua adesão à comunidade de informações se processou de forma natural.

Wald expôs seu plano: instalar um radiotransmissor para informar as posições dos cargueiros brasileiros que abasteciam os aliados nos Estados Unidos e Inglaterra. Também propôs a mudança de Amália para um apartamento na praia do Flamengo, para que ela tivesse a possibilidade de ir e vir rapidamente do escritório da Siemens.

*

Julho, 1940

Amália Ricci e Antônio do Couto Pereira se casaram, fixando residência no apartamento da praia do Flamengo, para todos os efeitos cedido por sua tia.

Dois meses antes do casamento, dois técnicos da Telefunken instalaram um transmissor de ondas curtas, com ligação única com a sede de Herzberg AM Harz, Alemanha.

O transmissor foi instalado num antigo quarto de empregados, refeito para ter como único acesso ao fundo falso do armário do novo casal, com conhecimento apenas de Amália.

*

Setembro, 1940

Amália estabeleceu um círculo de amizades com as outras mulheres dos comandantes do Lloyd Brasileiro, aproveitando-se também das longas ausências dos maridos para saber das viagens planejadas por cada um dos comandantes.

*

Março, 1941

O *Jornal do Brasil* de 23 de março transcreveu telegrama sobre o ataque ao vapor brasileiro Taubaté, quando navegava do Chipre para Alexandria, no Egito, com um carregamento de batatas, lã e vinho.

O ministro Oswaldo Aranha apresentou reclamação junto à Embaixada alemã no Rio de Janeiro, mas não obteve qualquer resposta, tendo os ataques se intensificado a partir de então.

*

Abril, 1941

O tenente Frank Colbert, da Marinha dos Estados Unidos, foi comissionado diretamente por Henry L. Stimson, Secretary of War, para investigar os afundamentos de navios mercantes brasileiros por submarinos alemães.

Colbert embarcou em Nova York num Boeing 307 Stratoliner para o Rio de Janeiro, com escalas em Miami, Natal e Salvador, apresentando-se às autoridades brasileiras como assessor comercial da Pan American Airlines, ficando hospedado na Embaixada americana na rua São Clemente.

De imediato, estabeleceu contato com as empresas americanas sediadas na cidade como IBM e General Electric. Como relações públicas, promovia encontros sociais de congraçamento na embaixada, sendo apresentado ao casal Amália e Antônio Pereira.

*

Agosto, 1942

Sem nenhuma declaração formal de guerra, a Alemanha intensificou sua campanha submarina no Atlântico, atacando somente durante o mês de agosto cinco navios brasileiros. Em decorrência do que, em 22 de agosto, Getúlio Vargas reuniu o ministério para a declaração de guerra à Alemanha e à Itália.

*

Outubro, 1942

O comandante Antônio Pereira embarcou para Lisboa na madrugada de 27 de outubro no vapor Siqueira Campos. O mau tempo, entretanto, fez o navio voltar no final do mesmo dia.

Sem aviso, Antônio regressou à sua casa e encontrou a porta do armário aberta, ouvindo ruídos através do fundo falso do armário. Amália se surpreendeu com a chegada imprevista do marido e não hesitou em dar um tiro mortal em Antônio, com a arma que Hans Wald havia lhe dado.

Ao sair apressadamente do edifício da praia do Flamengo, Amália foi presa por dois agentes de Frank Colbert, que investigavam o prédio havia semanas, pois o local fora detectado pela General Electric como um ponto de emissão de ondas curtas.

Amália foi conduzida ao porão da Embaixada americana na rua São Clemente. Pressionada para confessar suas atividades, ela tirou a própria vida, com a cápsula de veneno que mantinha escondida na boca.

2. MASSIMO SCARPA

O sol do verão da Toscana era forte, mas o trabalho no cafezal da Fazenda Santa Maria tornava pior a sensação térmica em São Carlos, no estado de São Paulo. Bruno Scarpa parou um pouco para enxugar a testa; ainda faltava muito para juntar dinheiro e pagar a passagem da Itália para o Brasil, mesmo depois de dois anos desde o desembarque em Santos. Aos 60 anos, trabalhar na lavoura seis dias na semana tornava quase impossível evitar as dores na coluna, e o sono à noite não conseguia ser reparador. Por vezes, arrependeu-se da imigração, mas a convivência na fazenda com tantos conterrâneos tornava a dureza menos cruel.

A confecção de sapatos era ofício mais leve e já fazia parte da tradição familiar. A séria e longa crise, porém, obrigou Bruno a deixar a família na Itália e tentar a sorte no interior de São Paulo: quem sabe um dia poderia retomar seu ofício de sapateiro numa pequena oficina, com as dívidas pagas, e trazer para o Brasil a família, ainda na espera em Borgo San Lorenzo.

Naquele sábado, 30 de janeiro de 1892, havia ainda a expectativa de receber o saldo de salários no domingo, último dia do mês, que viria descontado da parcela da viagem e da compra de víveres do único entreposto de propriedade do dono da Fazenda Santa Maria. Com o custo dos alimentos muito acima do valor real, e sem alternativas para comprar mais barato, o saldo de salários era irrisório, havia meses em que não sobrava nada, e assim o sofrimento ia se prolongando.

Bruno sempre desejara trazer a mulher e os dois filhos, mas somente em 1900 chegaram o primogênito, Italo, e sua mulher, que lhe trouxe a notícia de que a *mamma* morrera dois anos antes e o Carlo, filho mais moço, resolvera ficar, já que tinha conseguido trabalho como aprendiz de sapateiro em Florença.

*

"Sua Excelência Benito Mussolini, Chefe de Governo, Duce do Fascismo e Fundador do Império" era como ele exigia ser chamado em 1936. As teses do fascismo já inspiravam grande parte dos jovens, que vinham de uma Itália desmoronada e encontravam na liderança nacionalista uma esperança.

O mundo todo testemunhara o desenvolvimento da Itália, após Mussolini assumir o poder, e depois a recuperação da Alemanha, já sob as ordens de Hitler. Portanto, do ponto de vista pragmático, a Itália e a Alemanha ressurgiram nas mãos de Mussolini e de Hitler.

Carlo Scarpa já não alimentava grandes ilusões e aos 73 anos, sem nunca ter saído da Itália, sofria com a inveja de seu irmão Bruno que, afinal de contas, tinha "feito a América". Bruno escrevia uma vez por ano e finalmente tinha, com o filho Italo, uma pequena sapataria na rua Marina Crespi, no bairro da Mooca, na capital de São Paulo. Aos domingos, Bruno e Italo se revezavam numa cantina, com canções italianas e acordeom, mais pelo prazer do que pela necessidade. Massimo, filho de Italo, ajudava na cantina junto com a mulher e o cunhado Marco Modiano, cuja família era dona do Jardim de Napoli, comandado pelo pizzaiolo *capofamiglia* Giovanni.

Andrea, primogênito de Carlo, liderava em Roma o grupo de jovens fascistas *camicie nere*. Escrevia frequentemente ao seu primo Massimo, entusiasmado com as novas frentes de trabalho e o recrutamento de jovens pelo exército, já que a Abissínia tinha sido conquistada e Andrea não perdia oportunidade de mostrar sua condecoração.

As frequentes cartas a Massimo iam crescendo, despertando seu espírito de aventura e o nacionalismo. Em 1939, a visita de Edda Mussolini, filha do Duce, a Adhemar de Barros, interventor federal no estado de São Paulo, nomeado por Getúlio Vargas, deu a motivação final para Massimo embarcar para Gênova, deixando no Brasil mulher e filhos.

*

As exigências para admissão na Regia Marina Italiana eram poucas em tempo de guerra e, dois meses após sua chegada, Massimo, em sua condição de *oriundi*, já estava alistado e iniciando o treinamento para oficial em submarinos.

O Leonardo da Vinci, submarino da classe Marconi, foi construído no Cantieri Riuniti dell'Adriatico e entrou em operações em março de 1940. O marinheiro Massimo Scarpa pôde, assim, acompanhar o final de sua construção, enquanto subia os degraus da hierarquia, sempre mais rapidamente em tempo de guerra. As cartas de Massimo à família em São Paulo eram animadas, já que sua fluência em italiano – e a nacionalidade confirmada, apesar de ter nascido na Mooca – tornaram sua integração fácil, ainda mais com a conhecida camaradagem entre latinos, sobretudo entre aqueles movidos pela admiração ao Duce.

*

Getúlio Vargas sempre demonstrou predileção pelos regimes nazifascistas, embora, por pressão dos Estados Unidos, nunca a tenha assumido oficialmente.

Comprou, por exemplo, canhões Krupp da Alemanha já no período nazista, que, no entanto, nunca chegaram a ser entregues, em virtude do bloqueio naval inglês.

No caso italiano, havia incentivado os contatos extraoficiais com seus representantes, como a conversa que Adhemar de Barros, então interventor de São Paulo, apoiado por Filinto Müller, teve com Edda Mussolini, quando ela visitou São Paulo em 1939, mantendo contatos, entre outros, com os integralistas. Registros históricos dão conta de que a Carta del Lavoro italiana teria servido de modelo a Vargas para a implantação da legislação trabalhista brasileira.

*

Marco Modiano levava uma vida relativamente tranquila administrando o Jardim de Napoli, cantina tipicamente familiar. A família Modiano tinha tradição em restaurantes, tendo chegado à capital paulista em 1897.

Perfeitamente integrados à colônia italiana, sua irmã se casa com Massimo Scarpa na capela da Paróquia São Rafael, também na Mooca, com uma grande festa no próprio restaurante da família na sequência.

A crise econômica mundial iniciada em outubro de 1929 em Wall Street, com as inevitáveis repercussões no Brasil, afetou o movimento no restaurante, propiciando seu declínio. Assim, Marco não teve muita dúvida ao se inscrever como taifeiro, no porto de Santos, na Companhia de Navegação Lloyd Brasileiro. Sua ascensão na carreira foi relativamente lenta, fazendo com que ele chegasse ao posto de segundo oficial do Cabedelo somente em 1941, cujo comandante era o capitão de longo curso Pedro Veloso da Silveira.

Em pleno sábado de carnaval, dia 14 de fevereiro de 1942, Modiano embarcou no porto de Filadélfia, Estados Unidos, com uma carga de carvão destinada ao Rio de Janeiro. A viagem deveria ser segura, pois na ocasião ainda não se controlavam os comboios nem as viagens dos navios mercantes que navegavam junto à costa leste dos Estados Unidos, denominada Zona de Segurança Pan-Americana.

*

A Assicurazioni Generali, importante companhia de seguros, foi fundada em Trieste, em 1831, ainda em território austríaco, depois incorporado ao território italiano. Funcionando no Brasil desde 1925, sua sede no Rio de Janeiro abrigava especialistas em seguros e atuários vindos da matriz italiana.

O tenente-coronel Claudio Mele chegou ao Rio de Janeiro em 1939 oficialmente como novo atuário, mas sua formação como mecânico de voo foi toda realizada na Regia Aeronautica Italiana. Aproveitando que a atividade de navegação estava intimamente ligada aos seguros de carga e embarcações, Mele transmitia regularmente as rotas dos navios mercantes, suas datas de saída e os tipos de carga que transportavam por meio de telegramas cifrados, a título de acompanhamento de seguros, ao Comando Superior da Força Submarina no Atlântico, em Bordeaux, França, aos cuidados do almirante Karl Dönitz.

Dessa forma, o posicionamento do Cabedelo já constava de seu telegrama enviado no dia 31 de janeiro de 1942, último dia útil do mês, quando ainda era costume o trabalho aos sábados pela manhã no centro da cidade.

A informação foi logo passada ao Leonardo da Vinci, que naquele fevereiro estava em missão de patrulhamento nas Antilhas, sob as ordens do comandante Massimo Scarpa.

*

A tripulação do Cabedelo era composta por cinquenta e quatro homens – o comandante Pedro Veloso da Silveira e mais treze oficiais, três suboficiais, entre os quais Marco Modiano, e trinta e sete marinheiros, foguistas e taifeiros. O navio desapareceu em alto-mar naquele fevereiro de 1942, tendo o memorando interno de 22 de junho do Ministério das Relações Exteriores lançado dúvidas sobre seu paradeiro.

O escritório da Western Union em São Paulo enviou um telegrama urgente no dia 4 de abril:

Destinatário
Massimo Scarpa Regia Marina na Italiana

Marco desaparecido rogo retornar ao
Brasil família desesperada.
Ass Giovanni

3. MÁRIO LUIZ MÜLLER

O general Góis Monteiro estava inquieto. Sendo sua a responsabilidade pela chegada dos canhões Krupp, era fundamental, como chefe do Estado-Maior, manter o moral da tropa e as ligações com a chancelaria alemã. As sucessivas vitórias alemãs tornavam imprescindível mostrar que o Brasil poderia ser aliado do Führer und Reichskanzler, não obstante a presença dos ministros simpatizantes aos americanos no governo Getúlio Vargas.

O contrato com a Fried Krupp, para a entrega de 1.180 canhões e obuses – o maior contrato para aquisição de material bélico até então já feito –, fora assinado em março de 1938, antes do começo oficial da Segunda Guerra, mas já no clima deteriorado que dava como certa sua eclosão. Para inspecionar o processo de fabricação, o embarque do material fabricado e seu recebimento, assim como os testes de tiro dos canhões desenvolvidos para atender aos requisitos brasileiros, foi formada uma comissão chefiada pelo próprio general Góis Monteiro. Foi essa mesma comissão que relatou os primeiros problemas que seriam alguns dos fatores que levariam ao cancelamento definitivo dos contratos em 1942.

Com a deflagração da Segunda Guerra Mundial, em setembro de 1939, o material que ainda se encontrava nas fábricas foi requisitado pelo governo alemão. O que já havia sido recebido, mas não embarcado pela comissão, encontrava-se à espera de alguma forma de transporte para o Brasil. O governo brasileiro não tinha recursos suficientes para pagar a remoção de todo esse equipamento militar. Além da falta de verbas, transportar todo o material se tornaria impossível em virtude do agravamento da guerra no Atlântico e o bloqueio naval à Alemanha imposto pelos ingleses.

O encontro do general Góis Monteiro, em 8 de agosto, com o embaixador alemão Karl Ritter e o chefe da Polícia Política e Social, Filinto Strubing Müller, não fora satisfatório: o bloqueio naval inglês não poderia ser superado, e o transporte dos canhões de Hamburgo para o Rio de Janeiro ficara adiado para um futuro incerto.

A reunião ocorreu no Clube Germânia, na Gávea, onde a alemã Ingeborg ten Haeff, nora de Getúlio Vargas, casada com Lutero Vargas, atuava como mestre de cerimônias para homenagear Alfried Krupp von Bohlen und Halbach, filho de Gustav Krupp. Lá se reunia o capítulo brasileiro da Organização do Partido Nacional-Socialista para o Exterior (AO) – Auslands-Organisation der NSDAP, dirigido por Hans Henning von Cossel, chefe do Partido Nazista no Brasil.

Em face do possível fracasso da empreitada, Góis Monteiro precisava estabelecer novos vínculos com a Alemanha. Chamou Müller a um canto do clube e sugeriu o alistamento de seu sobrinho na Kriegsmarine, especialmente para integrar a tripulação do Unterseeboot U-199. Góis Monteiro tinha feito na

Alemanha, na missão de compra dos canhões, boa amizade com o comandante capitão-tenente Hans--Werner Kraus, que vinha das colônias alemãs do Rio Grande do Sul e falava português fluente.

As atividades secretas de Filinto Müller só foram reveladas pela imprensa depois da guerra, em 1946, com a publicação de uma série de reportagens intitulada "Falta alguém em Nuremberg" – o próprio Müller, acusado de comandar torturas a presos políticos. Segundo se revelou no periódico, os principais instrumentos de tortura mencionados em depoimentos no Congresso e registrados por *O Cruzeiro* eram: o maçarico, que queimava e arrancava pedaços de carne; os "adelfis", estiletes de madeira que eram enfiados por baixo das unhas; os "anjinhos", espécie de alicate para apertar e esmagar testículos e pontas de seios; a "cadeira americana", que não permitia que o preso dormisse; e a máscara de couro. Era também prática comum queimar os presos com pontas de cigarros ou de charutos, bem como espancá-los com canos de borracha. Para que os gritos dos torturados não fossem ouvidos fora do prédio da Polícia Especial, um rádio era ligado a todo volume. Poucos presos resistiam às torturas. Houve quem se suicidasse pulando do terceiro andar da sede da Polícia Central; outros enlouqueceram, como foi o caso de Harry Berger, membro do Partido Comunista Alemão, torturado durante anos juntamente com sua mulher. Quase todos guardariam sequelas no corpo e na mente para o resto da vida.

*

Mário Luiz Müller, filho de Oskar Müller, irmão mais velho de Filinto, tinha nascido em Cuiabá, Mato Grosso, na mesma cidade do tio.

O processo de imigração alemã para essa região não se deu de forma tão organizada quanto o da Região Sul, tampouco acontecera na mesma época. Aproveitando a existência de extensas fronteiras e subindo o rio Paraguai, muitos estrangeiros entraram ilegalmente no Brasil. Tudo se tornou mais fácil para a vinda de estrangeiros à medida que se deu a abertura da livre navegação do rio Paraguai, em 1856, permitindo o acesso direto à então capital da província de Mato Grosso, Cuiabá, pela foz do Prata e pelo Atlântico.

A falta de escolas alemãs em Cuiabá não impediu que Mário Luiz tornasse o idioma sua segunda língua, pois o pai e o tio financiavam seus estudos com uma professora particular, de modo que sua posterior admissão na Georg-August-Universität Göttingen não foi difícil. Lá, Mário Luiz recebeu o diploma de engenheiro e, em 1941, escreveu à influente família no Brasil sobre sua hesitação entre o retorno ao país ou a permanência na Alemanha, cujo intenso crescimento bélico abria várias oportunidades de trabalho. A empresa que mais o atraiu foi a Krupp, mediante carta de recomendação do próprio chefe do Estado-Maior do Exército, general Góis Monteiro. Para a Krupp, empregar alguém recomendado por uma autoridade brasileira era bastante oportuno, considerando as importantes encomendas feitas.

O general, que participou da missão brasileira à Alemanha para inspecionar a fabricação dos canhões, se afeiçoou ao jovem brasileiro, que já tinha o título de *Jungvolk* (Jovem Camarada) na Hitler--Jugend (Juventude Hitlerista), e aproveitou para ensinar doutrinas ao amigo.

Na manhã do sábado, dia 9 de agosto de 1941, Mário recebeu um telegrama do tio Filinto nos seguintes termos:

> *Procurar Comandante Hans Kraus Kriegsmarine em meu nome. FSM*

*

O U-199 partiu do porto alemão de Kiel em maio de 1943. Sua tripulação era composta de sessenta e um homens e estava sob o comando do capitão--tenente Werner Kraus, tendo como subordinados cinquenta tripulantes e sete oficiais, entre eles Mário Luiz Müller.

A 200 milhas do litoral do Brasil, Kraus recebeu ordens de interceptar e destruir navios inimigos diretamente do comando central, na costa da França, com a expectativa de ser orientado nos detalhes pelo cônsul da Alemanha em Santos, major Otto Uebele, na verdade o principal agente da Marinha alemã no Brasil. Não contava, entretanto, com o desmanche da operação de radiotransmissão no Rio de Janeiro.

O delegado Elpídio Reali, do Dops paulista, era um contraponto ao chefe de Polícia do Distrito Federal, Filinto Müller, complacente em relação aos grupos de espionagem alemã no Brasil. Reali conseguiu descobrir que Ulrich Uebele, filho do cônsul, havia adquirido uma estação radiotransmissora sem efetuar o devido registro na LABRE – Liga de Amadores Brasileiros de Radioemissão. Seguindo essa pista, Reali acabou descobrindo a casa na atual rua General San Martin, 318, no Leblon (bairro residencial do Rio de Janeiro), de onde eram enviadas as informações relativas às rotas dos navios brasileiros. Por esse feito, Reali recebeu uma carta de congratulações do diretor do FBI, o lendário J. Edgar Hoover.

Assim, sem a informação de alvos, o comandante Kraus decidiu alterar novamente a área de caça, agora para o sul do Rio de Janeiro, ampliando a linha de patrulha para 300 milhas.

No dia 4 de julho, o U-199 localizou o navio brasileiro Bury, disparando três torpedos. Dois torpedos erraram o alvo, mas o terceiro, na mira de Mário Müller, atingiu-o em cheio. O navio ainda teve tempo de responder com uma salva de tiros de canhão de seu deque. Houve sérias avarias, mas, apesar de o U-199 ter comunicado equivocadamente ao comando alemão seu afundamento, o vapor chegou ao porto do Rio de Janeiro.

Na madrugada do dia 31 de julho, o U-199 se aproximou da entrada da baía de Guanabara, no Rio de Janeiro, para submergir e espreitar a passagem dos navios na saída do comboio JT 3 (Rio de Janeiro–Trinidad) prevista para aquele dia.

*

A Química Bayer mantinha no depósito do sexto andar de sua sede no Rio de Janeiro, na rua São Bento, um mimeógrafo para a impressão de boletins de propaganda nazista, disfarçados com capas de temática científica, que eram distribuídos por toda a América Latina.

Theodor Hermann Kaelble, diretor-geral da Bayer, era membro do Partido Nazista do Brasil que, apesar de proibido desde 1938, continuava atuando de forma clandestina. Em virtude de sua posição, Filinto Müller não podia se filiar ao partido, mas mantinha estreita relação com Kaelble.

Por conta dessa amizade, Kaelble mantinha para o chefe de polícia um discreto gabinete no prédio da rua São Bento, muito conveniente por ser próximo de seu escritório na avenida Rodrigues Alves. Na Bayer, ele era conhecido como "consultor". Nesse gabinete, mantinha um escritório completo, com telegrafia, telefones e rádios de ondas curtas, onde podia ouvir o noticiário e a propaganda nazista diretamente da RRG (Reichs-Rundfunk-Gesellschaft), assim como contribuir para os boletins "científicos" da Bayer. Para tanto, contava com uma secretária, Ângela Monteiro, contratada da Bayer.

Ângela era muito reservada e discreta, de modo que ninguém no escritório sabia que era noiva de um oficial da FAB, o primeiro-tenente Luís Gomes Ribeiro, comandante do PBY Catalina Arará, do esquadrão do Rio de Janeiro, que patrulhava as proximidades da baía de Guanabara.

Na quarta-feira, 28 de julho, já no final do expediente, Ângela colocou sobre a mesa do consultor um telegrama que dizia:

Tio hoje a poucas milhas do Rio de Janeiro.
Em breve nos veremos.
Mário.

*

A sexta-feira do dia 30 de julho era dia de folga para o comandante Luís Gomes Ribeiro. Todo o seu tempo livre fora reservado para os encontros com Ângela, já que o casamento estava próximo e, mesmo em tempo de guerra, os oficiais tinham o direito de fazer um casamento coletivo, com um capelão da FAB, seguido de pequena recepção.

Os preparativos eram assunto constante na casa dos pais de Ângela, no Andaraí, não havendo tempo para falar de trabalho da parte dela e muito menos da parte dele, em função das operações militares. Apesar disso, Ângela comentou distraidamente que um sobrinho do chefe viria ao Rio de Janeiro e que se chamava Mário.

Ribeiro, apresentando um pedido de desculpas, retirou-se mais cedo naquela noite, seguindo diretamente para a Base Aérea do Galeão, onde estava o hidravião PBY Catalina Arará.

*

Mário Müller já estava devidamente monitorado pela Air Transport Command (ATC) com sede na base de Parnamirim, Rio Grande do Norte, como suboficial do submarino U-199.

O contato do comandante Ribeiro com o ATC teve resposta imediata: o plano de voo original do PBY-5 Catalina da FAB foi alterado naquele sábado, 31 de julho, para fazer a cobertura aérea da saída da baía de Guanabara até Cabo Frio para o comboio JT-3 (Rio de Janeiro até Trinidad).

Ao mesmo tempo, também estava nas cercanias o avião brasileiro PBM Mariner P-7 do esquadrão VP-74. Ele iniciava a operação de varredura das proximidades da baía quando captou um contato pelo radar, indicando um objeto a 19 milhas de distância.

A estratégia mais eficiente para destruir os submarinos era a utilização de aviões bombardeiros. O objetivo dos aviões era o de mergulho rápido, passando sobre o submarino na diagonal e lançando cargas explosivas de ambos os lados do casco. Além disso, as poderosas bombas MK 44 e MK 47, quando explodiam simultaneamente, produziam uma forte "torção" da embarcação, o que facilitava sua ruptura, além de empenar eixos, hélices e lemes, o que prejudicava enormemente a manobrabilidade e a capacidade de submersão dos submarinos.

Quinze minutos depois do ataque, o U-Boot tentou navegar em direção ao norte. O comandante Kraus procurava águas mais rasas, a fim de pousar o submarino no fundo e se proteger do ataque de outros aviões, enquanto providenciava os reparos necessários para sua fuga. Percebendo a chegada de outros aviões aliados, Kraus constatou que não havia mais esperança e ordenou o abandono do U-199. Vários tripulantes saíram pela escotilha da torre e os que estavam sobre o tombadilho atiraram-se ao mar. O afundamento definitivo não demorou mais de três minutos e de acordo com os tripulantes do Arará ocorreu a 87 milhas ao sul do Pão de Açúcar. Ambos os aviões lançaram balsas depois que o submarino desapareceu e permaneceram circulando a área até serem substituídos por outro avião dos Estados Unidos, que orientou e auxiliou o USS Barnegat a recolher doze sobreviventes, inclusive o comandante do U-199, Werner Kraus, e seu oficial, Mário Müller. Todos os alemães foram levados inicialmente para o campo de concentração pernambucano de Chã de Estevão sendo transferidos logo após para os Estados Unidos, onde foram interrogados e permaneceram presos em um campo de concentração no Arizona, até o final da guerra.

*

Na segunda-feira, dia 2 de agosto, o general Góis Monteiro leu a manchete do jornal *O Globo*:

MARINHEIROS ALEMÃES CAPTURADOS NA COSTA DO RIO DE JANEIRO SÃO INTERROGADOS E LEVADOS PARA PERNAMBUCO

4. IZAYOI SAKAMAKI

O domingo do dia 7 de dezembro de 1941 começara sereno em Honolulu, Havaí, à época ainda território americano, não tendo sido incluído como estado da federação até a década seguinte. Distante praticamente 4 mil quilômetros da costa leste americana, ainda conservava características remotas do *american way of life*. Mesmo assim, até numa base naval fortemente armada como Pearl Harbour, predominava a manhã sonolenta, e a previsão era de um dia tranquilo.

Durante os anos precedentes, as relações do Japão com os Estados Unidos tinham chegado a um estado quase beligerante, pois a U.S. Pacific Fleet já estava instalada em Honolulu preventivamente para resguardar operações militares japonesas no sul da Ásia contra territórios ingleses e holandeses ou mesmo contra as Filipinas.

No início de 1941, o presidente Roosevelt transferiu de San Diego, na Califórnia, para o Havaí sua frota do pacífico e ordenou um reforço militar americano nas Filipinas, visando desencorajar uma eventual agressão japonesa. Assim, um ataque-surpresa contra as forças americanas seria a única forma de prevenir a interferência naval americana nos territórios estratégicos para o Japão.

Em julho de 1941, os Estados Unidos interromperam o fornecimento de petróleo ao Japão em retaliação à invasão da Indochina Francesa pelos japoneses. Essa interrupção incentivou o Japão a tomar o território das Índias Orientais Holandesas, já que tinham reservas abundantes de petróleo.

Às 7h48 o ataque-surpresa à base naval de Pearl Harbour teve início, com grande violência: 353 caças, bombardeiros e torpedeiros japoneses decolaram de seis porta-aviões naquela manhã. Todos os oito navios de guerra americanos foram avariados, sendo quatro afundados, além de cruzadores, destróieres e navios colocadores de minas. Na US Air Force, 188 aviões foram destruídos em terra. No lado humano, 2.042 americanos morreram e 1.282 ficaram feridos. Comparativamente, as perdas japonesas foram muito inferiores: vinte e nove aviões e cinco submarinos destruídos, além de sessenta e cinco marinheiros e aviadores mortos ou feridos. Somente um japonês foi capturado, o oficial Kazuo Sakamaki, com 23 anos recém-completados, formado na Imperial Academia Naval Japonesa no ano anterior. Sakamaki se tornou assim o primeiro prisioneiro de guerra americano.

*

No século XIX, a economia do Brasil era agrícola e extremamente dependente da monocultura cafeeira. A cultura do café, por sua vez, dependia totalmente da mão de obra de negros escravizados. Em 1888, atendendo a pressões políticas e movimentos humanitários, o governo brasileiro aboliu a escravidão no país, e os senhores do café tiveram de buscar soluções para a crescente falta de mão de obra. Antes mesmo da abolição, o governo brasileiro tentou suprir a falta de trabalhadores com imigrantes europeus, mas as péssimas condições de trabalho e de vida dadas pelos patrões cafeicultores, acostumados a tratar de forma sub-humana a mão de obra, além de desmotivar a vinda de imigrantes, fez com que alguns países, como a França e a Itália, impedissem durante alguns anos que seus cidadãos emigrassem para o Brasil. Assim, o governo brasileiro passou a cogitar trazer imigrantes da Ásia.

Não bastava, entretanto, trocar um tipo de imigrante por outro. No século XIX, os brancos cristãos nutriam forte preconceito contra todo o resto da humanidade, e no Brasil os asiáticos eram tidos como "negros amarelos". Em suma, imigrantes japoneses não eram desejados no Brasil. Porém, é fato universal que, quando há necessidade de trabalhadores, governos e contratantes tornam-se coniventes e pouco exigentes. Assim, embora desde 1880 já se cogitasse a vinda de imigrantes japoneses, nenhuma ação concreta foi realizada até novembro de 1895, quando Brasil e Japão assinaram um tratado pelo qual ambos os países passaram a desenvolver relações diplomáticas. Mesmo contrariando a opinião pública brasileira, abriram-se negociações para a vinda de imigrantes japoneses, que só ocorreria de fato a partir de 1908.

Na segunda década do século XX, houve a concentração de colonos japoneses no município de Registro, no estado de São Paulo, distante cerca de 200 quilômetros da capital e do porto de desembarque de Santos, a meio caminho de Curitiba, no Paraná. A Kaigai Kogyo Kabushiki Kaisha (KKKK), filial da Companhia Imperial Japonesa de Imigração, foi responsável pelo estabelecimento de mais de 450 famílias na colônia de Registro. Em 1917, o número de famílias japonesas já chegava a 1.060, totalizando 5.121 pessoas na colônia.

Nesse período, Registro tornou-se o maior produtor de arroz de São Paulo e tinha instalações de armazenamento e beneficiamento do cereal, produzido por cultura irrigada. Além do arroz, os imigrantes japoneses também se dedicavam ao cultivo do chá e do junco. Em 1919, o imigrante Torazo Sakamaki chegou a Registro com sua família, incluindo um bebê de apenas 1 ano, Izayoi. Três anos depois, obteve sementes de chá chinês e começou uma plantação, visando ao consumidor local japonês de chá verde.

*

Naquele domingo, 7 de dezembro de 1941, às 15h48, que correspondia às 7h48 no Havaí, Izayoi Sakamaki já estava se arrumando para voltar para sua casa. A semana havia sido árdua, mas resultara muito produtiva: as vendas de chá da família iam bem, já que mesmo no Brasil do café o chá era bastante consumido pela crescente colônia japonesa.

Seu pai, Torazo, já com 44 anos, não tinha assimilado a terra brasileira e ainda mantinha os costumes de seu país, inclusive religiosos e a condição de súdito do imperador Hirohito.

Por determinação do governo brasileiro, o ensino do português era obrigatório nas colônias de imigrantes, de maneira que Izayoi foi alfabetizado em duas línguas, muito embora se sentisse inteiramente japonês – como se Registro fosse uma extensão temporária do Império do Sol Nascente.

A colônia japonesa tomava conhecimento das vitórias do Japão na Ásia através das emissões em ondas curtas da Rádio Japão, quando os colonos se reuniam para o chá na sede da fazenda. A vitória em Pearl Harbour foi anunciada dias depois do ocorrido, para grande regozijo dos imigrantes.

Exemplares do *Asahi Shimbun*, todavia, chegavam a Santos com quase dois meses de atraso. Na edição de 9 de dezembro de 1941, constava a notícia detalhada da prisão de seu primo Kazuo Sakamaki. Torazo chamou Izayoi para uma conversa. Era preciso alguma ação para vingar a honra do imperador.

*

A Cooperativa de Comércio Japonesa foi fundada em 1926, em São Paulo. Com a crise cafeeira internacional, na década de 1920, iniciam-se as exportações brasileiras de algodão para o Japão, que atingem o pleno desenvolvimento com a vinda da missão japonesa ao Brasil, em 1935. Nesse ano, graças ao algodão, o comércio com o Japão atinge um superávit. A partir de 1938, empresas japonesas de grande porte começam a instalar aqui suas filiais, aumentando significativamente o volume das transações comerciais. Finalmente, em 29 de maio de 1940, é fundada a Associação Comercial Japonesa.

O Banco de Tokyo iniciou-se no Rio de Janeiro em 1919 com a instalação da filial do antigo The Yokohama Specie Bank, considerando o grande comércio entre o Brasil e o Oriente. Nos anos seguintes, abriu sucursal em São Paulo, onde havia a facilidade de contratação de funcionários bilíngues, em função da grande colônia nipônica ali existente.

Torazo e Izayoi Sakamaki, com mentalidade camponesa, acreditavam ingenuamente que era seu dever salvar Kazuo da prisão nos Estados Unidos – em primeiro lugar pelo fato de ser um súdito do imperador, tal como eles; em segundo lugar, por ser da família. O fanatismo era comum na colonização japonesa, de modo que na década de 1940 surgiu a organização terrorista Shindo Renmei, composta por imigrantes que atacavam quem duvidasse das vitórias japonesas na guerra. Assim, a limitação de possibilidades de reação de dois simples agricultores no interior de São Paulo não importava diante da missão; tentar era uma obrigação.

No dia 5 de janeiro de 1942, Izayoi colocou sua melhor roupa e pegou o trem para São Paulo, hospedando-se no bairro da Liberdade junto com um antigo colega de Registro. Ia candidatar-se a uma vaga no Banco de Tokyo.

*

O violento ataque a Pearl Harbour gerou grande repercussão no mundo todo. No continente americano, o governo de Washington convocou em caráter de urgência uma Reunião de Consulta dos Ministros das Relações Exteriores das Repúblicas Americanas, que terminou por se realizar no Rio de Janeiro, entre 15 e 28 de janeiro de 1942. O principal objetivo da reunião era a aprovação unânime de uma resolução de rompimento imediato de relações diplomáticas e comerciais dos países americanos com o Eixo. Ao final, por força da recusa argentina e chilena em firmar tal posição, foi aprovada uma resolução que se limitava a recomendar o rompimento de relações.

A edição de O *Globo* da quinta-feira, 29 de janeiro de 1942, reproduziu o discurso de encerramento do chanceler Oswaldo Aranha:

> As conquistas desta Conferência não as poderão apreciar os contemporâneos. As grandes obras só podem ser bem compreendidas quando o tempo dá à inteligência a sua perspectiva divina e sua eterna luz. Desde já, porém, podemos afirmar que transformamos uma utopia em realidade, e que já esplendem, realizados em sua plenitude, o anseio, o sonho e o ideal de nossos maiores.
>
> [...]
>
> Os povos americanos a realizaram e nós, seus Chanceleres, a confirmamos hoje, porque proscrevemos da comunhão continental a violência, o império, o predomínio, a fim de dar lugar à confiança, *à solidariedade e à justiça, colunas sobre as*

quais repousam a igualdade das nações americanas, a independência de seus povos e a liberdade de todos nós, cidadãos da América.

*

Izayoi Sakamaki passou por um treinamento básico no banco, tendo sido lotado em seguida, a seu pedido, na seção de comunicações, que controlava os telegramas entre o Brasil e o Japão.

Izayoi estava particularmente atento às informações referentes aos embarques de café rumo aos Estados Unidos e do carvão para o Brasil, já que considerava ponto de honra uma agressão ao país que encarcerava seu primo Kazuo.

Na primeira semana de fevereiro, Izayoi transmitiu a relação de cartas de crédito internacionais, dando conta de um transporte de carvão pelo navio Cabedelo, que zarparia da Filadélfia com destino ao Rio de Janeiro, transportando uma carga de carvão.

Aproveitando sua hora de almoço, sem saber direito o que fazer com essa informação, como tendo recebido uma premonição, dirigiu-se até o estádio de futebol do clube Palestra Italia. Alguma relação com os italianos deveria haver, pensou Izayoi.

*

Augusto Marinangeli, comendador e vice-cônsul da Itália e um dos grandes beneméritos da Società Italiana di Beneficenza, tinha uma queda pelo futebol, pois havia participado da Copa do Mundo de 1938 como reserva do time italiano que se sagrou campeão.

Depois de ingressar no serviço diplomático, o Brasil lhe pareceu um ótimo posto, em virtude de sua simpatia pelo esporte, e sempre que podia frequentava os treinos do Palestra Italia, onde era muito respeitado e seus palpites faziam dele praticamente um técnico a distância.

Na saída do treino naquela segunda-feira, Marinangeli foi abordado pelo porteiro do clube, que avisou "que tinha um nissei na portaria querendo falar com um italiano". Marinangeli ouviu Izayoi, pegou o telegrama que o jovem trazia e, chegando ao consulado, transmitiu as informações diretamente para o Ministero degli Affari Esteri na Piazzale della Farnesina em Roma.

*

No dia 25 de fevereiro, o Cabedelo simplesmente desapareceu do rádio.

Embora tendo desaparecido sem deixar rastro, as autoridades o consideraram perdido por ação inimiga, uma vez que o tempo estava bom na região. Pesquisadores europeus afirmaram que o submarino italiano Da Vinci foi o causador do afundamento. Tais afirmações não são de aceitação unânime, já que alguns fatores contribuem para suscitar dúvidas. Primeiro, o afundamento do navio não consta dos registros italianos. Em segundo lugar, caso considerada a data, o navio já teria navegado por onze dias e percorrido pelo menos 2 mil milhas, o que o colocava fora da região reservada às ações do Da Vinci. Além disso, um memorando interno do Ministério das

Relações Exteriores, datado de 22 de junho – quatro meses depois do desaparecimento –, considerou a hipótese de a tripulação do navio ter sido sequestrada e internada em algum campo de concentração, o que contribuiu ainda mais para alimentar a controvérsia.

Outra hipótese sugere que o navio tenha sido atacado por outro submarino italiano, o Torelli, que, em 19 de fevereiro, atacara dois navios mercantes na altura das Guianas. Também é citado o Capellini – outro U-Boot italiano.

De qualquer forma, não ficou comprovado de forma categórica que algum daqueles submarinos italianos tenha causado o ataque. Também cogitou-se que os tripulantes poderiam ter sido metralhados quando já se encontravam a bordo dos escaleres. Todavia, como nenhum escaler, nem mesmo vazio, foi encontrado, o mistério permanece até hoje.

Kazuo Sakamaki permaneceu preso nos Estados Unidos; não obstante, Izayoi dera sua contribuição para a perda do Cabedelo, em honra de seu distante Japão.

5. RODOLFO MOSS

Naquela quinta-feira, 12 de fevereiro de 1941, os alunos da Escola de Matemática do Instituto de Estudos Avançados de Princeton, Nova Jersey, tiveram aula com um professor substituto.

O professor titular, Albert Einstein, tinha uma missão a cumprir em Washington: entregar uma carta ao embaixador do Brasil, Carlos Martins, pedindo ajuda para a emissão de um visto para uma prima, a senhora Selma Moss, por solicitação de seu filho Rodolfo Moss. Aos 64 anos, Selma Moss estava internada em condições desumanas num campo de concentração no sul da França.

Einstein, então com 62 anos, Prêmio Nobel de Física em 1921, tinha se radicado nos Estados Unidos em 1933 quando, durante a visita a esse país, percebeu que seria impossível retornar à Europa. Não poderia imaginar que seu pedido receberia do Ministério das Relações Exteriores, por instrução do próprio ministro Oswaldo Aranha ao embaixador, um "lamento ter de levar ao conhecimento de V. Excia. que, no momento, em vista das disposições em vigor, é de todo impossível atender à solicitação daquele professor".

Rodolfo Moss conseguiu fazer vir sua sogra, que estava no mesmo campo, mas somente depois do fim da guerra. Entretanto, Selma Moss estava muito fraca e acabou falecendo, circunstância que tornou o governo brasileiro, indiretamente, cúmplice de seu assassinato.

*

Os ministros de Vargas e boa parte das elites brasileiras estavam convencidos de que a composição étnica mestiça dos brasileiros explicava o atraso e as dificuldades do país. O governo restringia a entrada de judeus, japoneses e negros, ao mesmo tempo que facilitava a vinda de portugueses. As leis de imigração no Brasil foram calcadas na teoria eugênica, criada no fim do século XIX por Francis Galton, que inspirou não apenas Francisco Campos, associado à tendência germanófila e redator da lei que selecionava os imigrantes, como também era defendida pelos aliados dos Estados Unidos, notoriamente Oswaldo Aranha.

Em 1941, o Brasil se recusou a receber judeo-alemães refugiados de guerra que chegaram ao porto do Rio de Janeiro a bordo do cargueiro japonês Uruguai Maru. O caso tinha um dramático precedente: em maio de 1939, 937 passageiros do transatlântico alemão St. Louis – a maioria judeo-alemães – não foram aceitos em Cuba e nos Estados Unidos, o que forçou seu retorno no mês seguinte para a Antuérpia. No ano seguinte, todos estavam novamente sob domínio nazista, somente ficando livres os que escaparam para a Inglaterra.

A Europa estava em estado bélico desde março de 1938, com a invasão da Áustria; poucos meses depois, a Kristallnacht (Noite dos Cristais), massacre da comunidade judaica alemã, deixou evidente a impossibilidade da permanência dos judeus na Alemanha, o que intensificou o pedido de emissão de vistos pelos judeo-alemães.

O professor Einstein tinha, portanto, plena consciência dos perigos que procurava evitar para a família Moss.

*

Georg Blass recebeu a aprovação de Berlim para seu plano de explodir a Usina de Cubatão, no estado de São Paulo, pois isso deixaria as cidades de Santos e São Paulo sem luz por mais de um ano, dada a impossibilidade de importar, durante a guerra, os equipamentos necessários para refazer a obra. Mais conhecido pelo codinome "dr. Braun", Blass era o chefe do serviço de sabotagem alemã na América do Sul e conseguiu agir em liberdade até 1943, quando confessou o frustrado atentado, depois de oitenta horas de interrogatório.

Dr. Braun morava na rua Alberto Hodge, 545, 2° andar, Alto da Boa Vista, na capital paulista, região da cidade onde se ouviam crianças falando alemão na rua. Sua atividade oficial era de importador de máquinas da Alemanha, o que justificava a estranheza de seu português carregado de forte sotaque.

No terceiro andar morava Rodolfo Moss e sua família que, em virtude da ascendência judaica, falavam em casa o ídiche, dialeto alemão dos judeus. Moss e Blass se cumprimentavam regularmente, não sem um desconforto mútuo que não tinha explicação aparente.

Devido ao clima adverso, os apartamentos construídos em Berlim previam poucas janelas, geralmente fechadas para manter a calefação durante a maior parte do ano. Dessa forma, esses imóveis tinham um isolamento acústico natural. O mesmo não ocorria em São Paulo, onde predominavam as janelas abertas e uma característica frequente: o prisma de ventilação dos banheiros conduzia o som de forma clara, o que se chamava, entre os locais, de "banheiro-fone".

*

Por conta da prolongada higiene pessoal matinal de Rodolfo, ouvia-se a palavra "Cubatão" com frequência no "banheiro-fone". Assim, era natural pensar que seu vizinho trabalhava com importação de máquinas. Por três vezes seguidas, entretanto, Rodolfo ouviu a palavra "dynamit". Em sua carta pessoal ao professor Einstein, na primeira página estava o apelo para o visto de entrada no país de sua mãe. A segunda página, entretanto, relatava o que tinha escutado no "banheiro-fone" da rua Alberto Hodge.

A palavra "dynamit" deixou Einstein preocupado, dada a sua formação em física e química. Quando em sua visita ao Brasil, em maio de 1925, teve a chance de rever seu primo Rodolfo e guardar a impressão de sua seriedade e firmeza. Assim, ao sair da Embaixada do Brasil em Washington, seguiu para seu segundo compromisso do dia, um encontro com Henry Stimson, Secretary of War.

Suas observações foram transmitidas ao Rio de Janeiro, sede da Embaixada americana, onde o adido militar ordenou uma busca no andar de baixo da residência de Rodolfo.

Experientes oficiais da U.S. Military Academy em West Point, Nova York, o coronel Robert L. Caslen Jr. e o capitão Lindsey Danilack fizeram vigília no Café e Bar Corinthians Paulista, cujo alvará de localização dava o endereço do estabelecimento na rua Alberto Hodge, 540. De lá, esperaram o dr. Braun descer, entrar no seu carro e partir, assegurando que não havia ninguém mais no apartamento.

O arrombamento da porta dos fundos do apartamento do terceiro andar, no prédio em frente, foi o menos barulhento possível. Assim mesmo, Blass recebeu um aviso de outro vizinho sobre uma visita de ladrões e decidiu não retornar, buscando abrigo temporário no Consulado da Alemanha.

Durante a guerra, a Usina de Cubatão continuou a geração de eletricidade para São Paulo e Santos, somente com interrupções de manutenção programada. O evento do arrombamento foi divulgado com pequeno destaque na imprensa local. Mas, em Princeton, Albert Einstein recebeu um telefonema de agradecimento de Henry Stimson.

6. FRANK ALBRECHT

Do motor direito do avião de caça Messerschmitt Bf 109 começou a sair fumaça, e a emissão de ruídos ficou insuportável, ao mesmo tempo que o aparelho perdia altura rapidamente. Pela cabeça do piloto Egon Albrecht passaram as imagens de sua infância em Curitiba, brincando com Frank, seu irmão mais jovem, ouvindo o chamado de sua mãe, Hedwig, para o almoço; era sábado, 19 de maio de 1928, seu aniversário de 10 anos. Pouco antes de completar 18 anos, cedeu aos apelos da Hitler-Jugend para embarcar para a Alemanha e se alistar na Luftwaffe.

Com a aproximação do solo, decidiu lançar-se com o paraquedas, mas aterrissou em Saint-Claude, leste da França, já sem vida; no horizonte, o pôr do sol de 25 de agosto de 1944 também chegava ao fim, menos de nove meses antes de a Alemanha declarar sua rendição incondicional.

*

Curitiba, nos anos 1930, já apresentava uma grande influência da imigração de alemães, poloneses, ucranianos e italianos, que viviam em suas respectivas colônias, reproduzindo as condições de suas origens. Assim, a nacionalidade estava muito ligada ao *jus sanguinis* (direito de sangue) em lugar do *jus soli* (direito do solo): importava mais a ascendência, reconhecida pelos brasileiros, do que o local de nascimento.

Egon frequentou desde o *Kindergarten* até o *Gymnasium* da Escola Erasto Gaertner, a primeira de Curitiba fundada por imigrantes alemães com orientação religiosa. Frank, entretanto, ficou com a escola pública da cidade, pois a família não tinha recursos para investir em sua formação. Enquanto Egon conhecia os princípios germânicos e naquela altura já tinha absorvido todos os livros enviados da

Alemanha com forte conteúdo nacional-socialista, Frank se tornou amigo de crianças brasileiras e italianas, participando das aulas de educação física com predomínio do futebol, e nas horas vagas gostava de dedilhar um violão, aprendendo músicas locais.

Embora o Brasil tivesse declarado guerra ao Eixo em agosto de 1942, somente dois anos depois, em 2 de julho de 1944, teve início o transporte do primeiro escalão da Força Expedicionária Brasileira (FEB), sob o comando do general Mascarenhas de Morais, com destino a Nápoles. Com 21 anos em 1943, Frank não fugiu à convocação militar: de certa forma, sua compleição robusta, o gosto pelos esportes, a brasilidade e o "samba no pé" já o impulsionavam nessa direção. O fato de o combate ser previsto para a Itália dava à família Albrecht algum conforto de que não era contra a Alemanha diretamente que seu rebento iria lutar.

"Coisa linda!", escreveu Frank para os pais. "A Estação Primeira de Mangueira e o Salgueiro tocando. Dali a pouco, deu sono. Deitei no beliche e adormeci. Quando fui perguntar para um marinheiro, este disse que o navio já havia desatracado e estava se deslocando para a Itália." A família cultivava a escrita, de modo que os dois meninos foram, desde cedo, estimulados a manter diários.

Em julho de 1944, Frank estava entre os primeiros 5 mil homens da FEB que desembarcaram em Nápoles, sul da Itália.

*

Em 1940, Egon Albrecht pilotava um caça bimotor Bf 110 Zerstörer. A carreira militar deslanchava e as promoções em tempo de guerra eram mais rápidas pela necessidade de avanço em diversas frentes.

Albrecht foi designado *Staffelkapitän* e condecorado com a *Ritterkreuz* (Cruz de Cavaleiro da Cruz de Ferro), em maio de 1943, pelas suas quinze vitórias aéreas, outras onze aeronaves destruídas em solo, 162 veículos motorizados, 254 veículos diversos, três locomotivas, oito baterias de canhões, doze armas antitanques e oito posições de infantaria destruídos em solo.

Todas essas conquistas foram relatadas em cartas para Curitiba, onde Hedwig e Frederico Albrecht aguardavam ansiosos por notícias dos filhos, cada um em lugares diferentes da Europa envolvida na guerra.

Em outubro de 1943, Egon foi transferido para Wels, na Áustria, para combater as incursões da 15ª da USAAF, com base no sul da Itália. Nesse percurso, sobrevoava baixo para identificar tropas inimigas, e o vale do rio Serchio estava no seu raio de ação durante o verão de 1944. Já tinha recebido instruções de Berlim para sobrevoar essa área regularmente e, se possível, eliminar sempre os inimigos.

*

Assim que chegou à Itália, Frank enviou um maço de cartas aos pais em Curitiba, escritas durante a travessia do Atlântico e pedindo notícias da família. Nessas cartas já tinha a informação de que seguiria de Nápoles para Florença, indicando o endereço do acampamento brasileiro para envio de correspondência. A troca regular de cartas entre os pracinhas na Itália e o Brasil era considerada importante para manter o moral da tropa e todo esforço possível era feito para que chegassem aos seus destinos.

Já as cartas da família para Egon eram colocadas num malote que saía de Curitiba para o Consulado alemão, em São Paulo, até seu fechamento, em 1942, e, mesmo depois, chegavam à Alemanha, de onde eram distribuídas para as tropas de combate. Antes do envio, eram cuidadosamente examinadas pelas células de espionagem no Brasil, pois se sabia da riqueza de detalhes das cartas e da ingenuidade das famílias, mais motivadas pela emoção do que pela desconfiança. Numa das cartas enviadas de Curitiba, em julho de 1944, Hedwig mencionou ingenuamente a Egon que Frank estava em rota para o norte da Itália, informando sua próxima passagem por Florença.

*

Helga, 12 anos, Hilde, 11 anos, Helmut, 9 anos, Holde, 7 anos, Hedda, 7 anos, e Heide, 4 anos, foram todos envenenados com cianureto por seus pais, Magda e Joseph Goebbels em 1º de maio de 1945, quando as tropas soviéticas entraram em Berlim. Depois, Herr Goebbels e sua mulher se suicidaram com auxílio de seus guarda-costas da SS (Schutzstaffel).

O Reichsministerium für Volksaufklärung und Propaganda (Ministério para o Esclarecimento do Povo e da Propaganda) foi criado por Goebbels, inventor da expressão "Heil Hitler", que bem sabia o que tinha feito durante vários anos e avaliava que os soviéticos não teriam escrúpulos com esse tipo de prisioneiros, ainda mais com as meninas em tenra idade. Afinal, a Convenção Relativa ao Tratamento dos Prisioneiros de Guerra, assinada em Genebra pela Alemanha em 1929 e ratificada em 1934, não passava de um pedaço de papel – ainda mais para os soviéticos, já que a URSS foi dos poucos países a não assiná-la.

O Ministério da Propaganda alemão já tinha registrado todos os descendentes de alemães em Curitiba, os alunos das escolas e suas movimentações, a distribuição de livros e de material de propaganda em geral. O sistema tinha sido desenvolvido com listas detalhadas elaboradas utilizando máquinas de cartões perfurados da empresa Dehomag (IBM da Alemanha), produzindo registros meticulosos. Assim, Egon Albrecht estava anotado como possível colaborador, sabendo-se quando e quais livros o jovem tinha recebido do Ministério.

Nos países onde havia a espionagem e a propaganda nazista, a Gestapo (Geheime Staatspolizei), a polícia secreta do Estado, o Ministério da Propaganda de Goebbels e o centro de espionagem Amt Auslands und Abwehr estavam aliados nas mesmas células, principalmente no Brasil após a declaração de guerra e o fechamento dos consulados alemães. Os funcionários alemães do consulado simularam um embarque para a Europa, mas se instalaram clandestinamente no porão do desativado Colégio Humboldt.

O Colégio Humboldt foi fundado em 1916 por um grupo de imigrantes alemães de Santo Amaro que queriam que seus filhos pudessem ter ensino em sua língua. Quando o Brasil ingressou na Primeira Guerra Mundial, o colégio foi fechado pelo governo, sendo reaberto quatro anos depois. O colégio foi fechado novamente pelo governo em 1942, por conta desta vez da Segunda Guerra Mundial. A carta de Hedwig Albrecht transitou, assim, pelo porão do desativado Humboldt, e as informações mais importantes foram resumidas pelo rádio diretamente para Berlim.

*

A edição de O *Globo* de terça-feira, 18 de julho de 1944, informava que os pracinhas brasileiros tinham sofrido um devastador ataque aéreo alemão, em terras italianas, e a FEB ficou impressionada ao mesmo tempo com a violência e a precisão do tiroteio. Grande parte dos soldados da 1ª Divisão de Infantaria Expedicionária (DIE) foi dizimada.

Em Curitiba, Hedwig Albrecht e seu marido, Frederick, começaram a estranhar a falta de cartas de Frank até que, em setembro, chegou um telegrama do Exército brasileiro lamentando a perda de um soldado valoroso, promovido *post mortem* a sargento.

No mês seguinte, outubro, o casal recebeu a visita de um emissário do porão do Colégio Humboldt, que dava conta da perda de Egon em combate na França, com a lista de medalhas que o casal iria receber futuramente.

7. DAVID STERN

Os pneus do Boeing 777-200 da Air France tocaram suavemente a pista do aeroporto Charles de Gaulle na manhã de 4 de maio de 2010, encerrando o voo AF 443, proveniente de São Paulo. David Stern, brasileiro, casado, engenheiro, 64 anos, residente na rua Higienópolis, 318, apartamento 601, São Paulo, foi um dos primeiros passageiros a descer, indo diretamente para o controle de passaportes, já que trazia somente bagagem de bordo.

Em sua mala trazia três cartas, duas em cópia e um original. As cartas copiadas eram as seguintes:

Circular nº 1.498 às missões diplomáticas SP/511.12

Rio de Janeiro, em 6 de Janeiro de 1941
Suspensão do visto em passaporte de Israelitas.

A secretaria de Estado das Relações Exteriores comunica às missões diplomáticas encarregadas do serviço consular, aos consulados de carreira e aos consulados honorários autorizados a visar passaportes que ficam suspensas as concessões de vistos temporários e permanentes aos israelitas e seus descendentes. Excetuam-se da presente disposição as pessoas que tiverem tido autorização desta secretaria de Estado até o dia 7 do corrente, inclusive, e de acordo com o artigo 34 do Decreto nº 3.010, os portadores de licença retorno.

Ofício de Luiz de Souza Dantas, da Embaixada brasileira na França, para Oswaldo Aranha, Ministro de Estado das Relações Exteriores. Vichy, 22.11.1940.

À Sua Excelência o Senhor Doutor Oswaldo Aranha, Ministro de Estado das Relações Exteriores.
Embaixada dos Estados Unidos do Brasil (assinado) 27/2/41.

Entrada de intelectuais em território nacional.

Senhor Ministro,

1. Tenho a honra de levar ao conhecimento de Vossa Excelência, na inclusa cópia autenticada, os termos de uma carta que me dirigiu, a 21 do corrente mês, o Senhor Varian M. Fry, diretor do Centre Américain de Secours, organização filantrópica, pela qual me comunicou uma lista de intelectuais, na maior parte de origem semítica, os quais acreditam encontrar no Brasil campo adequado à sua atividade profissional.

2. *Trata-se das seguintes pessoas, cujos curricula vitae remeto em anexo:*

- *Joseph Brill, biólogo (Anexo n. 2);*
- *Adolf Leo Oppenheim, arqueólogo (Anexo n. 3);*
- *Vassili Tcherepennikof, engenheiro naval (Anexo n. 4);*
- *Mosche Surdin, técnico em radioeletricidade (Anexo n. 5);*
- *Adolf Rasdowitz, técnico em radioeletricidade (Anexo n. 6);*
- *Casimir Rauszer, engenheiro aeronáutico (Anexo n. 7);*
- *Otto Schwarzkoff, químico (Anexo n. 8);*
- *Eugen Riecz, químico (Anexo n. 9);*
- *Hanina Lehr, químico (Anexo n. 10);*
- *Ladislaus Tisza, físico e matemático (Anexo n. 11);*
- *Hans Ekstein, físico (Anexo n. 12);*
- *Lothar Petersen, especialista em medicina tropical (Anexo n. 13);*
- *Veronica Elisabeth Tisza-Benedek, fisiologista (Anexo n. 14);*
- *Salomão Stern, sanitarista (Anexo n. 15).*

3. *A par das considerações de ordem humanitária, julgo poderá ser de real proveito para o nosso país, grande terra da luz, permitir o trabalho desses obreiros do Espírito, muitos de valor indiscutível, e autores de obras meritórias, a tatear nas trevas que hoje se abatem sobre a Europa.*
4. *Também muito agradecerei a Vossa Excelência as instruções que, sobre o assunto em apreço, se dignar de enviar-me, com o seu acrisolado patriotismo e nobre compreensão humanitária.*

Aproveito a oportunidade para renovar a Vossa Excelência os protestos da minha respeitosa consideração.

(a) Luiz Martins de Souza Dantas

O táxi o levou diretamente do Charles de Gaulle ao número 45 da avenue Montaigne, onde desceu e retirou uma rosa, que foi depositada debaixo da placa que dizia:

ICI
A VÉCU PENDANT 22 ANS
UN GRAND AMI DE LA FRANCE,
LUIZ DE SOUZA DANTAS,
AMBASSADEUR DU BRÉSIL À PARIS
DE 1922 A 1944

Do outro lado da rua, no número 52, Gustav Miller observava, por trás de uma edição do *Le Monde* que fingia ler, sentado no Café Rive Droite. Um telefonema seu colocou em marcha uma motocicleta BMW 250 HP, que desceu rapidamente o Champs-Élysées, entrou à direita na avenue Montaigne, desacelerou um pouco, até ver David Stern atravessando a rua. Nesse momento, a motocicleta acelerou ao máximo e o atropelou violentamente, atirando-o sem vida no asfalto. Os passantes àquela hora tentaram em vão socorrê-lo, entre os quais Miller, que, simulando prestar ajuda, rapidamente pegou a mala de David e retirou sua carteira, documentos e quaisquer outras identificações dos bolsos, atravessou a rua e entrou num carro estacionado, com o motor ligado, ao longo do meio-fio onde já o aguardava um motorista para sair em disparada.

Os jornais do dia seguinte deram a notícia de mais um desconhecido atropelado, sem nenhuma indicação sobre o atropelante. A polícia registrou o caso sem interesse e, não havendo como dar seguimento ao caso, fechou o registro com "atropelamento sem prestação de socorro". Ninguém reclamou o corpo, que foi então levado do necrotério municipal sete dias depois para cremação.

*

A assinatura do Armistício de Cassibile da Itália com os Aliados, tornado público em 8 de setembro de 1943, fez com que as tropas alemãs ocupassem Roma dois dias depois. Essa circunstância intensificou o movimento clandestino de resistência que conseguiu alguns feitos notórios, entre os quais a baixa de 33 soldados alemães em uma emboscada nos arredores da cidade.

Em represália, Hitler ordenou que fossem executados dez italianos para cada soldado alemão morto. A ordem levou 335 italianos a serem assassinados com um tiro na nuca pelos comandados de Erich Priebke, naquele que ficou conhecido como o Massacre das Fossas Ardeatinas, realizado no dia 24 de março de 1944, com cinco mortes a mais do que as inicialmente exigidas.

O tiro em Salomão Stern, que estava entre o grupo de italianos, pegou somente de raspão e, embora no solo, ele conseguiu rastejar para fora da visão dos soldados alemães e entrar numa casa de vila, onde um simpatizante do movimento de resistência o acolheu e cuidou de sua ferida. Duas semanas depois, Salomão seguiu na mala de um Fiat até perto da fronteira com a França e, em Ventimiglia, trocou de carro, desta vez já com um passaporte francês em nome de Jacques Deauville, fornecido pela resistência francesa, seguindo para Paris.

Na avenue Montaigne, Deauville recebeu sem demoras um visto de entrada no Brasil, com o carimbo de agricultor, de modo a facilitar a aceitação das autoridades no Brasil. O embaixador Souza Dantas registrou mais um salvamento de perseguidos pelo regime nazista que estava dominando a Europa, ficando a família Stern eternamente grata.

Salomão Stern-Jacques Deauville conseguiu embarcar para Santos em navio cargueiro que saiu três semanas depois de Marselha, aportando no Brasil 25 dias depois, considerando as diversas escalas do vapor Mabelle.

*

Salomão Stern foi acolhido na comunidade sefardita de origem italiana em São Paulo, tendo ido morar com um casal de idosos sem filhos. Em pouco tempo, aprendeu os segredos do trabalho de lojista de tecidos com seus pais adotivos, casou-se aos 23 anos, assumiu a loja com o falecimento dos pais e teve dois filhos, Raquel e David.

Em casa, Salomão costumava falar pouco a respeito de sua história na Europa, que preferia esquecer. No entanto, quando viu nos jornais que Erich

Priebke havia sido preso em Roma, em 2010 chamou David e relatou em detalhes sua fuga de Roma, pedindo que ele anotasse tudo. Ao final, assinou seu depoimento, mas disse ao filho que, aos 86 anos de idade, não tinha condições de comparecer ao julgamento em Roma. Assim, pediu a David que entregasse o documento às autoridades em seu nome, uma vez que tinha sido o único sobrevivente do massacre.

*

Gustav Miller foi adotado aos 4 anos no Orfanato de Petrópolis pelo casal sem filhos Arnold (Arnaldo) Bienchoch, recém-chegado da Europa naquele inverno de 1944. Nora e Arnold haviam chegado da Alemanha, ele desertando do exército alemão, crime punido com pena de morte em qualquer tribunal militar.

Embora filiado de primeira hora ao Partido Nazista, Bienchoch tinha percebido que a guerra já estava perdida naquela altura, mas que o ideal germânico de uma hegemonia ariana precisava persistir, não importasse quantos anos fossem necessários. Pessoalmente imbuído do ideal da *Deutsche Südamerika*, aproveitou-se do fato de que Nora era de uma família com muitos recursos e instalou-se numa propriedade discreta na região de Petrópolis, num sítio perdido no distrito da Posse. Lá seria possível construir uma nova família e, na região em que a comunidade alemã tinha raízes, instalar uma nova célula, não deixando os ânimos esfriarem, mesmo que a guerra não resultasse no que Hitler pretendia.

A adoção de Gustav Miller foi um passo natural, já que existiam na comunidade alemã jovens que haviam engravidado precocemente. Assim, a organização da comunidade o encaminhou para a adoção. Gustav foi educado na escola alemã de Petrópolis, enquanto a guerra na Europa ia dando resultados negativos. Os manuais educativos do Ministério da Propaganda de Goebbels foram trazidos na bagagem de Arnold, com o dinheiro de Nora subornando agentes de imigração e alfândega, pois dinheiro é uma língua comum no mundo inteiro. Para comprar passaportes, alterar nomes e obter vistos de entrada e permanência no Brasil, com muitos recursos, era só questão de achar as pessoas certas, já que a família de Nora havia se precavido em bancos suíços desde antes da guerra. Zurique era muito perto da Baviera e um lugar perfeito para fazer uma reserva financeira estratégica, tendo em vista que a ideologia prevalecente em Zurique era a de não fazer nenhuma pergunta embaraçosa.

Gustav Miller, assim criado, sucedeu ao pai adotivo quando de seu falecimento, em 2007, como chefe local do Círculo Nacional Socialista Alemão, mantendo acesa a chama familiar. A organização para a América Latina era sediada em Bariloche, Argentina, e protegia os criminosos de guerra alemães e se reportava à sede europeia que coordenava internacionalmente as ações, onde quer que fossem os julgamentos.

Assim, de Bariloche, partiu a instrução para Gustav seguir David Stern em sua viagem à Europa, para servir de testemunha de acusação do carrasco Erich Priebke, na tentativa italiana de que Priebke pudesse sair do conforto de uma prisão doméstica, pena leve demais para os crimes cometidos.

Gustav Miller estava, portanto, duas fileiras atrás de David Stern no voo 443 que chegou a Paris. Sua missão era reconhecê-lo, vigiá-lo e evitar que chegassem ao tribunal em Roma – tanto David como a carta original de Salomão.

*

No dia 5 de maio, a aeromoça do voo AF 1891 Paris--Roma das 16 horas chamou os passageiros para o embarque e Gustav Miller apresentou-se com o passaporte de David Stern, que horas antes teve sua fotografia cuidadosamente substituída pela de Gustav na célula de Paris da Associação Internacional de Defesa do Terceiro Reich.

No Tribunal de Roma, quando chamado para prestar sua declaração, David Stern resumiu-se a um "nada a declarar", para grande surpresa e decepção do promotor.

Erich Priebke teve sua pena de prisão perpétua residencial confirmada, "em função de sua elevada idade", em vez da deportação para a Alemanha, onde seria condenado à morte.

Priebke veio a falecer de morte natural três anos depois, em Roma, não sem antes deixar gravada uma entrevista na qual assegurava que não se arrependia do Massacre das Fossas Ardeatinas, pois limitara-se apenas a cumprir ordens, e todos sabiam o que acontecia a quem não cumprisse ordens dadas diretamente por Hitler.

O caixão de Erich Priebke ficou fazendo voltas em Roma, já que os protestos para que não fosse enterrado em solo italiano foram manchete nos jornais de todo o mundo, até que as autoridades romanas lhe deram um destino não revelado.

Em São Paulo, Salomão Stern aguardava ainda, dois anos depois, por notícias de David, surpreso com o desenrolar dos acontecimentos na Itália.

8. ENZO GROSSI

Carlo Grossi, então com 18 anos incompletos, embarcou em junho de 1890 no porto de Gênova, vindo da região do Vêneto. Quarenta e oito dias depois, ele chegou ao porto de Santos, de onde os colonos italianos seguiram para Taubaté e o primeiro núcleo de viajantes se instalou, constituído por 69 famílias. Os imigrantes se dedicavam principalmente ao plantio do arroz, cultura que muitos já conheciam na terra natal, também encorajados pelo governo como alternativa ao café, já em decadência no município. Grossi assumiu a liderança e fundou a Societá Beneficente Unione de Quiririm.

Aos 21 anos casou-se com Giulieta Damici. Do casamento nasceram cinco filhos, sendo quatro mulheres, Giovanna, Bianca, Pietra e Nina, e Enzo, o último e único varão, batizado em 1908.

Enzo fez a escola primária e o ginásio em italiano, lá mesmo em Taubaté, ao mesmo tempo que trabalhava na lavoura. Aos poucos, o sentimento de obrigação e destino marcado foi se desfazendo: não era sua vocação, mas ele ficava feliz em poder ajudar a família.

*

O porto de Santos, já um dos maiores do país na década de 1930, tinha uma importante filial do Lloyd Brasileiro. Com a escolaridade que possuía, "o ginásio completo", Enzo conseguiu uma posição de taifeiro e embarcou no Almirante Alexandrino.

A primeira parada do navio foi no Rio de Janeiro, em 15 de janeiro. Enzo estava de folga passeando pela praia do Flamengo à tarde quando viu onze enormes hidroaviões Savoia Marchetti S-55 A montados na Itália em voo rasante diante do Pão de Açúcar. Por trás do morro Cara de Cão, surgiu um destróier, seguido de sete embarcações de guerra, com bandeiras italianas e o pavilhão negro fascista de Benito Mussolini.

A primeira impressão de Enzo foi de que se tratava de manobra militar, mas diante dos brados "Viva o Brasil, Viva a Itália, Viva Getúlio Vargas, Viva Mussolini" percebeu que a ocasião era festiva. A comitiva italiana era chefiada pelo ministro Italo Balbo, e ficaram todos os 51 companheiros de viagem hospedados no Hotel Glória, tendo recebido as honras de representantes oficiais de Mussolini no Brasil.

"Ave, Roma! É mais uma vez o prestígio incontrolável da alma latina que se afirma no Universo, através do valor secular do povo italiano"; "Asas gloriosas da Itália nova", estampava a manchete do *Correio da Manhã*, jornal fluminense. "Os heróis italianos, identificados por um distintivo negro com o emblema do *fascio*, concluíram a sua última etapa, no maior empreendimento de aviação de todos os tempos. Nunca será demais exaltar tão épico feito, em que o valor de um povo forte reponta como a própria esperança de mais brilhantes dias para a história da civilização", era o que constava na matéria que Enzo levou para sua cabine, adormecendo embalado pelos sonhos da grande Itália, onde mantinha fortes raízes.

*

A companhia aérea estatal italiana Ala Littoria ligava na década de 1930 a Itália às suas colônias na África e a outros países europeus, com alguns voos experimentais para o Brasil, que seriam a base para a criação da LATI (Linee Aeree Transcontinentali Italiane). O que a distinguia era ser a única ligação aérea direta entre o Brasil e a Europa. No transporte de passageiros, carga e correspondência, inclusive malas diplomáticas, utilizava trimotores e quadrimotores rápidos que requeriam pistas longas. Sua existência era uma prova, aos olhos do governo dos Estados Unidos, de que a Itália tinha propósitos de espionagem e contrabando de materiais de uso bélico. Daí a ideia de colocar "observadores" brasileiros nos aviões, para que denunciassem atrasos inexplicáveis ou manobras suspeitas.

Para Enzo, *oriundi* considerado italiano, não foi difícil obter uma vaga no voo, principalmente com o argumento de querer se alistar na Regia Marina Italiana, abandonando o emprego no Lloyd Brasileiro.

*

Enzo Grossi era aplicado e persistente: em oito anos de carreira na Itália já tinha atingido o posto de subcomandante e, em mais dois anos, já assumira o comando do submarino italiano Barbarigo. Sua missão era patrulhar águas territoriais brasileiras a cerca de 200 milhas náuticas da costa do Rio Grande do Norte, a noroeste do arquipélago de Fernando de Noronha, ponto estratégico de navegação para a Europa.

*

Giulieta e Giovanna Grossi, mãe e filha, embarcaram no Recife com destino aos Estados Unidos, pois Giulieta, já com 64 anos, havia sido diagnosticada com um câncer raro, cujo tratamento recomendado não havia no Brasil. Assim, com grande aflição, conseguiram passagem no navio misto de passageiros e carga Comandante Lira e esperaram no porto do Recife a confirmação do embarque nas primeiras semanas de maio de 1942.

*

Ao anoitecer do dia 18 de maio de 1942, por volta das 19 horas, o navio, que havia zarpado no dia anterior do porto de Recife, carregado com 80 mil sacas de café, cruzava as águas do Atlântico com destino a Nova Orleans, quando, a cerca de 180 milhas náuticas do arquipélago de Fernando de Noronha, o capitão percebeu que estava sendo seguido por um submarino.

O navio começou, então, a navegar em zigue-zague a fim de despistá-lo. O submarino agressor era o italiano Barbarigo, da classe Marcello, comandado pelo capitão Enzo Grossi. A manobra não surtiu efeito, e o Barbarigo disparou um torpedo que atingiu o vapor no porão nº 2, a boreste, causando duas mortes instantâneas, a do foguista José Maurício de Melo e do moço de convés Severino Silva. Devido à baixa luminosidade, os quatro militares que guarneciam um canhão de 75 milímetros e duas metralhadoras calibre 7 milímetros nada puderam fazer.

Após o primeiro impacto, o navio ainda foi alvo de mais dezenove tiros de canhão de 100 milímetros, de disparos diversos de metralhadora de 13,2 milímetros, bem como de bombas incendiárias atiradas sobre o convés principal, o que acarretou um denso incêndio, deixando-o impossibilitado de navegar. Ao perceber que o naufrágio era inevitável, seus tripulantes iniciaram o procedimento de abandono da embarcação. Alguns passageiros não chegaram a desembarcar, pois morreram de intoxicação pela fumaça do incêndio – entre os quais estavam Giulieta e Giovanna Grossi.

No dia 22 de maio, por volta das 14 horas, o Barbarigo foi atacado na superfície entre o atol das Rocas e Fernando de Noronha por um bombardeiro B-25 Mitchell da recém-criada Força Aérea Brasileira. O avião pertencia ao Agrupamento de Aviões de

Adaptação, uma unidade de treinamento que a FAB tinha organizado para receber aviões dos Estados Unidos. A tripulação do B-25 era mista, americana e brasileira.

O comandante do avião era o capitão-aviador Affonso Celso Parreiras Horta, e o outro oficial brasileiro a bordo era o também capitão-aviador Oswaldo Pamplona Pinto. O piloto americano que os treinava era o primeiro-tenente Henry B. Schwane, da Força Aérea do Exército dos Estados Unidos da América.

O B-25 só estava armado com pequenas bombas de 100 libras, que dificilmente causariam grandes danos ao submarino. O Barbarigo conseguiu fugir depois do ataque. Em vez de ficar por perto e tentar mantê-lo à tona enquanto outros aviões pudessem se dirigir ao local, o bombardeiro voltou à base, permitindo ao submarino italiano submergir. Parreiras Horta achou que o Barbarigo não estava em condições de submergir. Essa seria a primeira missão de combate da história da FAB.

*

Enzo Grossi recebeu pessoalmente de Mussolini a promoção a capitão de fragata, com a distinção da *Medaglia d'oro al valor militare,* em função de sua alegação de ter afundado dois navios de guerra americanos, respectivamente nos dias 20 de maio e 6 de outubro de 1942.

Após a guerra, as medalhas foram retiradas, pois, segundo historiadores, os afundamentos relatados não ocorreram, sendo Grossi rebaixado na hierarquia. Novas investigações, entretanto, mostraram que os ataques podem ter ocorrido e que legitimamente Grossi pode ter contribuido para seus afundamentos.

Após o término da guerra, Enzo Grossi domiciliou-se na Argentina, onde faleceu em 11 de agosto de 1960, sem jamais ter restabelecido contato com sua família de São Paulo.

9. KARL FISCHER

Naquele 1º de maio de 1942, Getúlio Vargas faria o discurso do Dia do Trabalho no estádio de São Januário, zona norte do Rio de Janeiro e palco habitual de seus comunicados ao povo. Na véspera, voltou do Palácio Rio Negro, em Petrópolis, seu Cadillac inexplicavelmente sem batedores acompanhando sua comitiva.

Era uma festividade especial, pois seis navios cargueiros brasileiros já tinham sido atacados por submarinos do Eixo – Taubaté, Buarque, Olinda, Cabedelo, Arabutan e Cayrú –, com 110 mortos, sem contar o ataque ao Parnaíba no dia posterior – com mais sete mortos. A população estava inquieta com a falta de ação do governo, desconfiada sobre o significado do silêncio.

Os jornais, com fotos das crianças e mulheres mortas nas praias, e os relatos dos sobreviventes, fizeram com que todos se dessem conta de que a guerra, de fato, havia chegado ao país. "Desafio e ultraje ao Brasil!", estampava em letras garrafais O *Globo*.

O pânico irrompeu entre a população, sobretudo naqueles que necessitavam viajar de um estado para outro. Não havia rodovias nem ferrovias que interligassem as regiões do país ou que cruzassem grandes distâncias. A aviação comercial civil era incipiente e quase não existiam aeroportos.

Assim, para essas pessoas, os navios de cabotagem representavam uma das poucas opções disponíveis. Era, portanto, comum navios mercantes transportarem passageiros, que aproveitavam as escalas para viajar de um ponto a outro do país. Assim, qualquer família brasileira que estivesse viajando de navio naquela época corria o risco de ser vítima de ataques de submarinos. Para quem morava no litoral do Nordeste a guerra não parecia uma realidade tão distante quanto poderia parecer para os brasileiros de outras regiões.

Aos poucos, a comoção inicial e o pânico foram dando lugar à indignação geral. No Rio de Janeiro, ocorreu uma série de passeatas e comícios populares, com a população exigindo retaliação. No fim da tarde da terça-feira, 28 de abril, a população se dirigiu para o Palácio do Itamaraty – sede do Ministério das Relações Exteriores – clamando pelo chanceler Oswaldo Aranha, que assim discursou:

> A situação criada pela Alemanha, praticando atos de beligerância, bárbaros e desumanos contra a nossa navegação pacífica e costeira, impõe uma reação à altura dos processos e métodos por eles empregados contra oficiais, soldados, mulheres, crianças e navios do Brasil. Posso assegurar aos brasileiros que me ouvem, como a todos os brasileiros, que, compelidos pela brutalidade da agressão, oporemos uma reação que há de servir de exemplo para os povos agressores e bárbaros, que violentam a civilização e a vida dos povos pacíficos.

A União Nacional dos Estudantes (UNE) organizou passeatas nas principais cidades brasileiras, exigindo a entrada do Brasil na guerra ao lado dos Aliados.

Nessas passeatas era comum que alguns estudantes aparecessem fantasiados de Hitler, com o objetivo de ridicularizar o ditador nazista. Tais passeatas acabaram recebendo uma grande adesão popular, não só por parte dos estudantes universitários, como também de outros setores da população, os quais também exigiam a retaliação.

*

O Cadillac do presidente avançava na praia do Flamengo quando, a cerca de 2 quilômetros do Palácio Guanabara, na esquina da rua Silveira Martins, o inspetor de trânsito Júlio Barbosa interrompeu repentinamente a passagem dos veículos que cruzavam a avenida Beira-Mar, deixando um deles, um Ford Mercury Club Cupê 1940, atravessado na pista. Para evitar a colisão, o motorista de Getúlio desviou rapidamente, sem, no entanto, conseguir evitar o desastre e a derrubada de um poste. O presidente foi retirado do veículo com diversos ferimentos e sem poder andar; no hospital foram diagnosticadas fraturas sérias em três lugares: na perna, na mão e no maxilar esquerdos.

Foram necessários três meses para que Getúlio Vargas se recuperasse plenamente, de modo que coube ao ministro do Trabalho, Marcondes Filho, discursar para as 40 mil pessoas presentes à comemoração do Primeiro de Maio, assim como para os ouvintes do rádio.

*

Na confusão causada pelo acidente, Karl Fischer, motorista do Mercury, conseguiu escapar, misturando-se com a multidão. O automóvel foi levado pela segurança presidencial, tendo sido identificadas uma placa falsa e a mala com uma enorme carga de dinamite. Esses fatos foram deliberadamente omitidos de quaisquer registros, de modo que a imprensa se limitou apenas a noticiar o acidente. Júlio Barbosa, inspetor de trânsito que causou o problema, foi interrogado por três dias no porão do Palácio do Catete, não se conhecendo notícias posteriores sobre seu paradeiro.

*

Karl Fischer chegou esbaforido ao seu quarto no Hotel Glória, onde estava registrado havia duas semanas como importador de café da Finlândia. Trocou a roupa para um traje de passeio completo, e com sua pasta foi se encontrar numa residência na rua Paissandu, onde já estavam o embaixador da Alemanha no Rio de Janeiro, Curt Prüfer, o general Eurico Gaspar Dutra, ministro da Guerra, o ministro da Justiça Francisco Campos, o general Góis Monteiro, chefe do Estado-Maior do Exército, e Filinto Müller, chefe de Polícia do Distrito Federal.

O local do encontro era estratégico, pois estava a pouca distância do Palácio Guanabara, utilizado por Vargas como residência oficial e muito propício para ser cenário de um golpe.

O plano de golpe de Estado estava assim traçado: com a planejada morte de Getúlio, Dutra assumiria a Presidência, nomeando Góis Monteiro ministro da Guerra, com os decretos já minutados por Francisco

Campos. Finalmente, haveria uma reversão na estratégia do Brasil, que se integraria ao Eixo, formando seu polo sul, a *Deutsche Südamerika,* o que isolaria os Estados Unidos e o resto dos Aliados.

Já com passaporte austríaco, no final da tarde Karl Fischer embarcou no cais do Rio de Janeiro num cargueiro com destino a Buenos Aires, onde outras missões o aguardavam, tudo organizado como recurso alternativo à tomada do poder.

*

Em 29 de abril, os seguintes submarinos estavam preparados e distribuídos na costa brasileira, prontos para receber uma ordem de ataque aos portos e desembarque da tripulação: ao largo de Fortaleza, o U-164; próximo a Natal, o U-507; no atol das Rocas, o Archimede italiano; ao largo do Pará, o U-590; em Santa Catarina, o U-513; ao largo do Rio de Janeiro, o U-199.

Cento e quinze colônias alemãs no Brasil – distribuídas da Bahia, passando por Minas Gerais, Rio de Janeiro, São Paulo, Paraná, Santa Catarina e chegando ao Rio Grande do Sul, praticamente todas rurais – estavam armadas e prontas para ocupar os centros urbanos mais próximos. Havia uma minuta de decreto que nomeava seus chefes como interventores, caso os ocupantes dos cargos não aderissem imediatamente ao novo governo, prevendo a execução sumária dos descontentes no ato.

Tropas argentinas estavam de prontidão na fronteira para uma invasão por Uruguaiana e São Borja, no Rio Grande do Sul; por Chapecó em Santa Catarina; e por Foz do Iguaçu e Cascavel no Paraná.

As principais companhias alemãs no Brasil foram instadas a cooperar; as marítimas assumiriam imediatamente o Lloyd Brasileiro, e os jornais que não aderissem imediatamente teriam suas impressoras empasteladas, assim como nas estações de rádio havia pessoas designadas para substituição na operação.

*

O plano parecia perfeito, cabendo a Karl Fischer a função heroica de mártir. Fischer foi o primeiro aluno da turma de 1930 da Colônia São Pedro de Alcântara, a primeira colônia alemã do estado de Santa Catarina, fundada em 1829, a montante do rio Imaruí, a pouca distância de Florianópolis. A princípio, a colônia não parecia ter obtido grande sucesso, mas posteriormente o núcleo desenvolveu-se e passou a fazer parte de Florianópolis. O prêmio, em 1930, era uma viagem de estudos à Alemanha, com a permanência de um ano.

Em Berlim, Fischer foi aos poucos se engajando no movimento do Ministério da Propaganda de Goebbels e ficou encarregado da distribuição de material panfletário para as colônias alemãs no Brasil. Pela seriedade com que desenvolvia suas atribuições, foi orientado a alistar-se, sendo lotado, por suas habilidades linguísticas, no Auslands-Organisation der NSDAP (a Organização do Partido Nacional-Socialista para o Exterior – AO). Fischer ajudou a organizar um sistema de infiltração e de propaganda para os alemães radicados no estrangeiro. Em 1937, Ernest Wilhelm Bohle, responsável pela AO, assumiu também funções diplomáticas na Embaixada alemã no Brasil, permitindo que o Partido Nazista cumprisse ostensivamente a missão de proteger os alemães do exterior.

O Plano *Deutsche Südamerika* (DS) foi sendo desenvolvido em Berlim a partir de 1938, tendo Fisher sido indicado como potencial agente a retornar ao Brasil. Na conclusão do treinamento, antes da partida, foi levado à presença do próprio Führer, distinção reservada aos que cumpriam juramento de dar a vida pelo Terceiro Reich.

*

Na noite de 30 de abril, a chancelaria em Berlim estava de prontidão para receber notícias do Rio de Janeiro. O discurso de Hitler já estava preparado, pronto para anunciar ao mundo a adesão do Brasil ao Eixo. Nele, destacavam-se as vantagens do fornecimento de matérias-primas vitais à guerra, a presença da etnia germânica tão bem instalada no país, bem como a ligação geográfica adequada com as tropas alemãs que ocupavam o norte da África e planejavam descer até o Senegal, ficando bem próximo do Nordeste brasileiro por via aérea ou marítima.

Um rádio em código do embaixador Curt Prüfer chegou na madrugada de 1º de maio, e foi lido para o Führer na sala de comando, comunicando o fracasso do atentado.

10. MATEUS SCHNEIDER

O ano de 1938 registrou o ponto máximo, até então, do rápido crescimento dos números estatísticos nas relações comerciais entre Brasil e Alemanha, processo que teve início em 1934, quando a Alemanha enviou à América do Sul a Missão do Tratado de Compensação.

Os alemães ocupavam então, pela terceira vez consecutiva, a primeira posição nas importações brasileiras, atingindo 25% do total de suas compras. Esse foi o resultado do esforço de exportação realizado pela Alemanha.

Com esse resultado comercial impressionante, em 1937 os Estados Unidos tentaram aumentar seu poder de influência sobre o Brasil e, para tanto, trocaram seu embaixador. Em julho de 1937, Jefferson Caffery, diplomata que até então estava acreditado em Cuba, foi designado embaixador americano no Brasil.

Paralelamente, a Alemanha de Hitler, como já mencionado, retaliou nomeando Karl Ritter seu embaixador no Rio de Janeiro, que ocupava o importante cargo de diretor da Comissão de Política Comercial (Auswärtiges Amt), o que demonstra o empenho em continuar a promover e aprofundar as relações comerciais. Todavia, uma das missões cruciais do embaixador era ter a minoria étnica alemã no Brasil sob o controle do regime nazista e, na medida do possível, influenciar o país a se manter neutro em face do desenrolar dos acontecimentos na Europa às vésperas da Segunda Guerra Mundial.

A contrariedade do ministro das Relações Exteriores do Brasil, Oswaldo Aranha, com a nomeação foi notória, pois Ritter foi o primeiro diplomata nazista a expor sem subterfúgios suas convicções políticas no Rio de Janeiro. A linguagem de Ritter se aguçou por ocasião do *Putsch* Integralista de maio de 1938 contra o governo de Getúlio Vargas, quando alguns alemães e seus descendentes imigrantes estabelecidos foram presos. Os boatos sobre uma possível participação alemã na tentativa de golpe de Estado se disseminaram, alguns com fundamentos sólidos.

A boa vontade do governo alemão a favor da expansão de suas relações comerciais com o Brasil pode ser aferida também na seguinte medida: devido à censura do correio brasileiro contra a saudação "Heil Hitler" e em prol do "interesse da urgente necessidade da manutenção e aumento da exportação alemã" foi recomendado, em março de 1939, que as firmas alemãs se abstivessem nas comunicações com o Brasil de utilizar essa forma de saudação quando o destinatário fosse uma empresa brasileira ou um cidadão brasileiro.

O Banco do Brasil dispunha de cerca de 20 milhões de marcos de compensação (moeda bloqueada), os quais só poderiam ser usados para o pagamento de exportações alemãs, sobretudo para o negócio com a Krupp que envolvia a soma de 100 milhões de marcos, correspondentes à compra de armas pelo Brasil. A operação transcorreria ao longo de seis anos, no âmbito de um negócio de compensação especial. Ou seja: o Brasil teria de enviar mercadorias para a Alemanha como parte do pagamento da transação da compra de armas.

No fim de junho de 1938, o Banco do Brasil detinha um enorme saldo de marcos de compensação, em decorrência das grandes compras alemãs dos últimos meses, e resolveu suspender a compra de marcos de compensação. Um posicionamento oficial da Alemanha em relação a essa medida foi veiculado por meio da imprensa. No *Frankfurter Zeitung* de 15 de novembro de 1938 lia-se: "A Alemanha respondeu ainda em junho, a essa atitude brasileira com a resposta que de sua parte não mais se apresentaria como comprador de mercadorias brasileiras."

Foi então que Cyro de Freitas Valle foi nomeado embaixador brasileiro em Berlim e, concomitantemente, Curt Prüfer acreditado embaixador alemão no Rio de Janeiro, para dar um novo rumo às relações comerciais.

*

As constantes visitas do embaixador Prüfer ao Banco do Brasil, para tratar dos assuntos de exportação e importação, levou-o a estabelecer sólida e estratégica amizade com o superintendente Mateus Schneider, que falava fluentemente alemão e não escondia a admiração que nutria pelos progressos nazistas. Schneider era bisneto de colonizadores alemães na Bahia, área raramente lembrada por essa característica pois a maior concentração de imigrantes europeus foi no sul, principalmente pelo clima e pelas terras mais férteis.

*

O início do processo de colonização do Brasil, com destaque para a Região Sul, foi uma decisão política de Dom João VI quando da instalação da sede do império no Rio de Janeiro, em 1808. Após a primeira tentativa do marquês de Pombal com os açorianos, o governo português incentivou a colonização estrangeira para, entre outras coisas, promover a expansão do reino, ocupar vazios demográficos, produzir alimentos e instituir uma classe de pequenos proprietários rurais, até então praticamente inexistente no Brasil. O decreto de abertura dos portos às nações amigas, em 1808, teve por consequência a vinda de inúmeros estrangeiros para o Brasil, principalmente europeus. Um edital do príncipe regente, de 1808, autorizava a imigração de não portugueses, além de dispor sobre a concessão de terras a católicos de outras nacionalidades. Foram fundadas colônias agrícolas de norte a sul do Brasil, entre as quais a de São Januário, na Bahia, onde os ancestrais de Schneider fincaram as primeiras raízes.

*

Seguindo sugestão do embaixador Prüfer, o governo alemão fez um convite oficial a Mateus Schneider para uma visita à Alemanha em 1939, a título de intercâmbio, para conhecer a produção de papel-moeda no Reichskreditkassen. Já havia na época a preocupação brasileira com a inflação corroendo fortemente o poder aquisitivo da moeda; isso fez com que o governo brasileiro promovesse a substituição da moeda brasileira, o real, que vigorava desde os tempos do império, pelo cruzeiro, que passou a circular somente a partir de novembro de 1942, demonstrando como o assunto era sério.

A visita protocolar transcorreu inicialmente dentro da normalidade, com Schneider cada vez mais impressionado com a força da recuperação da economia alemã, já engajada no esforço de guerra. Diante de tal deslumbramento, o brasileiro, em deferência especial, foi convidado a assistir a uma palestra do Führer na sede do partido Nationalsozialistische Deutsche Arbeiterpartei (NSDAP).

*

Seguindo o roteiro de aproximação, Mateus Schneider finalmente foi convidado a uma reunião no Ministério da Economia com o lendário ministro Schacht, economista responsável pelo fim do processo de hiperinflação alemã, cujo grande mérito era o de ter conseguido acabar com o desemprego na Alemanha.

O assunto de Schacht, no entanto, era outro. Após a conversa social de praxe, apresentou detalhadamente um plano de impressão de cédulas de mil-réis na própria Alemanha, a serem introduzidas no Brasil com qualidade indiscutível e não perceptíveis do meio circulante brasileiro, em tal quantidade que iniciaria um rápido processo de desestabilização econômica no país. A ideia era deteriorar a economia de tal forma que a opinião pública brasileira aceitasse um plano nos moldes alemães de sustar a hiperinflação e permitir a técnicos alemães amplo trânsito no Ministério da Fazenda e no Banco do Brasil. Seria uma fase preliminar da infiltração no governo brasileiro de um político manipulado por Berlim, que integraria o país na estratégia de expansão territorial e econômica de Hitler.

Os cargueiros alemães oficialmente viriam transportando armas da Krupp, encomendadas pelo governo brasileiro, mas em seu lugar haveria diversas cargas de mil-réis em papel-moeda que seriam espalhadas pelas principais cidades brasileiras. A colaboração de Mateus Schneider era imprescindível para o sucesso do plano, de modo que lhe foram feitas atraentes promessas de compensações pessoais e cargos no Banco do Brasil quando a instalação alemã se concretizasse.

*

O Office of Strategic Services dos Estados Unidos, em colaboração com o British Secret Intelligence Service, já estavam com os registros de todos os brasileiros de origem alemã, especialmente daqueles situados em altos cargos na política e na economia brasileiras. A viagem de Mateus Schneider à Alemanha despertou o interesse conjunto das duas agências, que conseguiram infiltrar uma agente inglesa, Julia Schimitt, também de origem alemã, no hotel em que ele se hospedava em Berlim. Schneider foi uma captura romântica fácil para a agente inglesa, que entre quatro paredes e lençóis de cetim e muitas doses de *schnapps* conseguiu revelações de que alguma coisa além da visita protocolar estava se passando, o que foi relatado em Washington e Londres.

*

Duas semanas após o recebimento do relatório Schimitt, o embaixador americano no Rio de Janeiro solicitou uma reunião particular com o ministro da Fazenda, Artur de Sousa Costa. Sem grandes rodeios, Hugh S. Gibson indicou que Mateus Schneider deveria, após seu retorno ao Brasil, ser aposentado prematuramente ou transferido para uma agência do Banco do Brasil no exterior, onde não pudesse mais ter influência com alemães. Eram instruções diretas do State Department, cuja orientação não deveria ser questionada.

E assim aconteceu: quando regressou ao Rio de Janeiro, Schneider foi desligado do banco, com salário integral, sob justificativa de excesso de quadros. De casa, inutilmente, escrevia a Julia Schimitt, cujo amor não foi mais correspondido.

11. CONRAD MEYER

O governo americano encarava Getúlio Vargas como um ditador do Brasil, já que ele tinha tomado o poder pela força e criado o Estado Novo fascista, em consonância com o que fizeram seus pares Adolf Hitler, Benito Mussolini, Francisco Franco e António Salazar, de modo que classificá-lo de não confiável era uma consequência natural e inevitável.

Também era evidente que se a Marinha e a Aeronáutica, esta ainda incipiente, se inclinavam para o lado dos Aliados, em contrapartida o Exército era claramente germanófilo e planejava se reequipar com armas produzidas na Alemanha. Segundo pesquisa do Office for Strategic Services, 70% dos oficiais eram pró-nazistas, além da população de origem alemã no sul do Brasil totalizando cerca de 1,5 milhão de pessoas fluentes em alemão e bem estabelecidas.

O ataque-surpresa dos japoneses a Pearl Harbour, em 7 de dezembro de 1941, que provocou a declaração de guerra americana ao Japão, abriu uma frente asiática perigosa, já que a Marinha japonesa vinha se preparando para o combate havia muito tempo. Menos de uma semana mais tarde, a Alemanha e os Estados Unidos tinham se declarado guerra mutuamente, abrindo duas frentes de batalha simultâneas num conflito cujas proporções, bem como duração e resultado final, eram impossíveis de prever naquela altura.

A queda da França e a tomada dos territórios franceses na África Ocidental completaram o quadro. Os estrategistas da Secretary of War acreditavam que o fracasso da tomada de Moscou em 1941 faria os alemães avançarem no front oposto, na direção de Espanha e Portugal, colocando o Brasil ao alcance da Luftwaffe. Em 1941, a distância de 1.600 milhas náuticas entre Natal, no Rio Grande do Norte, e Dacar, no Senegal, o ponto mais próximo da África, poderia ser coberta por oito horas de voo, perfeitamente possível com os aviões existentes.

Agentes alemães aterrissando em Dacar e a mobilização de oficiais do Exército Brasileiro pró-nazista reforçaram a intenção americana de tomar o Nordeste brasileiro antes que os alemães o fizessem.

Ainda em 1941, a recusa de Vargas de receber americanos no Nordeste a título de prevenção de sabotagem demandou do Estado-Maior americano a preparação de um plano de invasão do Nordeste, que recebeu o nome de *Joint Basic Plan for the Occupation of Northern Brazil, Serie 737* de 21 de dezembro de 1941, conhecido também por *Plan Rubber,* objeto de reunião na Casa Branca do próprio presidente Roosevelt com sua equipe: Henry L. Stimson, War Secretary; George Marshall, Chief of Staff; Frank Knox, Navy Secretary; Harold Stark, Chief of Naval Operations; Ernest King, Chief of Naval Operations; e Chester Nimitz, Commander in Chief, US Pacific Fleet.

*

As atividades de espionagem alemã na América Latina não escapavam ao controle das autoridades americanas e inglesas, mas pouco poderia ter sido feito antes do ataque a Pearl Harbour e da declaração de guerra ao Eixo.

No início de 1942, entretanto, um plano efetivo para identificar esses agentes e convencer as autoridades brasileiras a prendê-los e deportá-los resultou em importantes capturas em março, enfraquecendo significativamente a rede. Antes disso, porém, os agentes no Brasil obtiveram relevantes informações militares americanas. Um oficial da aeronáutica brasileira foi recrutado como espião e viajaria para os Estados Unidos para visitar diversas instalações de montagens de aviões de guerra, incursão abortada a tempo pelo Office of Naval Intelligence.

Depois do desmantelamento da rede alemã no Brasil, a organização na Argentina ficou sendo a mais importante na América do Sul. Entre janeiro de 1942 e o início de 1945, a rede sofreu algumas baixas, mas conseguiu sempre manter um núcleo ativo. A informação do *Plan Rubber*, por exemplo, já tinha vazado para a rede alemã através da conexão argentina.

*

O *Plan Rubber* previa que a US Atlantic Fleet ficaria encarregada do suporte geral e o bombardeamento pelo USS Texas com apoio aéreo do porta-aviões USS Ranger. A 5th Marine Division e a 9th US Army Division foram alocadas ao plano com treinamento de desembarque anfíbio. Em janeiro de 1942, tropas da 1st US Infantry Division e da 1st Marine Division realizaram exercícios militares na Virgínia, em condições semelhantes às que encontrariam no Recife. Mesmo com as dificuldades geográficas e logísticas para o desembarque, os estrategistas americanos acreditavam que a fraqueza das forças armadas brasileiras era grande, o que permitiria o sucesso do plano. Isto porque a Marinha do Brasil contava somente com dois navios construídos na Inglaterra, dois cruzadores leves, nove destróieres e três submarinos. No setor aéreo, o Brasil possuía quatorze

Boeing 256, 46 Boeing 69, dezoito bombardeiros Vultee V-11 Bomber – entre outras aeronaves de menor expressão. A avaliação das regiões a serem conquistadas, no plano de infantaria, era a de que as tropas de defesa brasileira contavam com os seguintes contingentes: 3.500 em Natal, 2.900 em Fortaleza, 5.500 no Recife, 3.500 em Salvador e 1.300 em Belém. Fernando de Noronha era uma penitenciária com 65 guardas, seiscentos prisioneiros e uma população local de apenas novecentos habitantes.

*

O novo embaixador alemão no Brasil, Curt Prüfer, já tinha sido instruído na chancelaria do *Plan Rubber* e assim já veio ao Brasil para cooptar seus aliados no Exército Brasileiro. Seria necessário um atentado a Vargas com a posse de um general brasileiro pró-Eixo, já que as forças alemãs não seriam rápidas o suficiente para deslocar tropas da África ocidental para o Nordeste brasileiro, por ar ou por via marítima. A constatação era de que os americanos estariam muito mais fortes, e o confronto deveria ser evitado por trabalhos de espionagem, sendo convocados os melhores agentes. Entre eles, Conrad Meyer, brasileiro de origem alemã que havia se candidatado para a execução do golpe. Meyer havia recebido instruções e incentivo do próprio Führer, que salientou a importância da conquista do Brasil, utilizando principalmente a inteligência e os laços estabelecidos com os oficiais brasileiros, muitos já tendo vínculos fortes pela aquisição de armamentos da Krupp e pelos estágios de treinamento.

*

Assim como o atentado a Vargas, em abril de 1942, não foi bem-sucedido, tampouco houve desembarque de tropas americanas no Nordeste brasileiro. Em seu lugar, houve significativas manobras diplomáticas junto a Vargas para permitir tropas americanas no Recife. Em dezembro de 1941, o Under-Secretary Welles convenceu Vargas a deixar entrar 150 fuzileiros navais americanos disfarçados de mecânicos de aviação para, na verdade, garantir a segurança dos aeroportos e manobras da aviação americana. Havia o receio de que os oficiais do exército brasileiro de tendência germânica reagissem, mas Roosevelt obteve sucesso na frente diplomática de forma lenta e segura. O ponto alto dessa ação diplomática foi a assinatura do Acordo de Defesa Brasil-Estados Unidos, em maio de 1942, que permitiria aos Estados Unidos defender plenamente o Brasil, fato que, junto com a continuidade dos ataques de submarinos aos navios brasileiros, levou o Brasil à declaração de guerra ao Eixo em agosto de 1942.

12. WILHELM WUNDT

Em 1939, a Força Aérea Americana sobrevoou o Nordeste brasileiro, concluindo que Natal, mais precisamente Parnamirim, era um ponto estratégico para uma eventual invasão alemã e, também, rota alternativa para se chegar à África em caso de bloqueio do Atlântico Norte. Um memorando do general Leonard Gerow, Assistant Chief of Staff of the War Plans Division, consolidou esse pensamento, preconizando a ocupação militar de trechos do litoral do Nordeste brasileiro, com ou sem a aprovação do ditador Getúlio Vargas.

Para evitar conflitos com o governo brasileiro, que ainda não havia declarado oficialmente se iria apoiar as forças do Eixo ou se juntar aos Aliados, criou-se como fachada um convênio entre as autoridades brasileiras e a Pan American Airways, embora os recursos tenham vindo do próprio governo americano, por intermédio do Airport Development Program of 1940. Finalmente, em 1941, a base foi aberta para uso militar dos Estados Unidos, para voos transatlânticos para a África.

Pela via diplomática, entretanto, intensas negociações do governo americano resultaram finalmente no envio, em janeiro de 1942, de um telegrama de Roosevelt a Getúlio, assegurando que os Estados Unidos enviariam de imediato equipamento militar para o Rio de Janeiro. Com essa garantia, Getúlio Vargas reuniu seu ministério no dia 27 de janeiro de 1942 para comunicar que havia instruído Oswaldo Aranha a declarar, no dia seguinte, na sessão final da III Conferência Extraordinária dos Ministros das Relações Exteriores das Repúblicas Americanas, o rompimento das relações diplomáticas com a Alemanha, a Itália e o Japão. A única voz discordante veio do ministro da Guerra, general Dutra, que alegou considerar o Brasil despreparado para entrar numa guerra contra Hitler e Mussolini, mas que, em virtude do cargo que ocupava, acataria a decisão oficial do governo.

A reunião havia sido convocada explicitamente para debater o ataque japonês a Pearl Harbour, realizado em 7 de dezembro de 1941. A ata da reunião destaca como primeira conclusão o rompimento de relações diplomáticas com o seguinte texto, de entendimento inequívoco: "As repúblicas americanas consideravam qualquer ato de agressão de um Estado não americano a algum deles como um ato de agressão a todos, constituindo uma ameaça à liberdade e independência da América."

Em seguida, o ministro da Fazenda, Sousa Costa, viajou para Washington, para acertar os detalhes dos acordos econômicos paralelos decorrentes do alinhamento com os americanos.

A pronta definição brasileira resultou numa série de vantagens negociadas por Sousa Costa em Washington: os Estados Unidos comprariam toda a produção excedente de borracha do Brasil, fixariam cotas favoráveis ao café nacional, apoiariam técnica e financeiramente projetos de desenvolvimento econômico no país e elevariam para 200 milhões de dólares o crédito aberto para compra de equipamentos de guerra.

*

A construção da Base Aérea de Parnamirim contou com a participação de brasileiros, entre os quais o engenheiro Arthur de Oliveira, cujo nome real era Wilhelm Wundt, um dos fundadores do Partido Nazista no Brasil, da célula do NSDAP para a América Latina.

Wundt fora escolhido pelo fato de ter obtido o diploma de engenharia na Escola Politécnica da Universidade de São Paulo, uma das mais tradicionais do país, o que seguramente impressionaria os contratantes de Natal, entre os quais a Panair do Brasil, à época subsidiária da Pan American Airways. Seu diploma com o nome de Arthur de Oliveira veio impresso com o número original, apesar do nome alterado, enviado pela Amt Ausland/Abwehr im Oberkommando der Wehrmacht.

A família Wundt foi das primeiras a se instalar numa fazenda de café no estado de São Paulo. O proprietário da fazenda, senador Vergueiro, por iniciativa própria, levou para Ibicaba, em 1846, 177 famílias de colonos suíços e alemães para trabalhar no chamado sistema de parceria, em que a produção era dividida igualmente entre proprietário e agricultores. Vinte anos depois, os Wundt tinham conquistado a independência financeira, transformando-se em plantadores de café de médio porte. A família prosperou e se diversificou, formando profissionais liberais, comerciantes e pequenos industriais, tendo o pai de Wilhelm retornado à Alemanha para lutar na Primeira Guerra Mundial, onde se casou e teve dois filhos. Em 1921 retornaram ao Brasil para uma segunda etapa da imigração; a identificação com os ideais de expansão germânica era, portanto, muito firme.

*

O Terceiro Reich prosseguia a expansão sobre a Europa em 1941, encontrando em alguns países vizinhos colaboradores dispostos a se engajar na espionagem, inclusive na Hungria, um dos parceiros menos lembrados do Eixo. Um dos colaboradores foi Janos Salamon, que chegou ao Rio de Janeiro em meados de 1941 com um passaporte diplomático, disfarçado de representante da Free Port of Budapest Shipping Company, para promover o comércio com a Hungria.

Salamon era membro do partido de extrema direita da Hungria, que fez dele um associado natural dos nazistas. Recrutado no início de 1941, recebeu treinamento em comunicação secreta e chegou ao Brasil na condição de capitão de Marinha Mercante, porém com a missão de organizar uma rede de inteligência, evitando, por razões óbvias, a inclusão direta de alemães. Seus relatórios deveriam ser enviados a endereços em Budapeste e Colônia, na Alemanha, ou ainda uma caixa postal em Roma. Ele e seu assistente, também húngaro, embarcaram para o Rio de Janeiro no voo da LATI carregando um transmissor portátil e alugaram um apartamento na avenida Nossa Senhora de Copacabana, que serviria oficialmente como escritório da empresa comercial.

A advogada Rosa de Balas, italiana naturalizada brasileira, frequentava os círculos húngaros no Brasil, prestando serviços jurídicos e de tradução para a legação na rua Paissandu, situada convenientemente a poucos metros da Embaixada alemã. Rosa foi encarregada de apresentar Salamon a um engenheiro conhecido seu, Arthur de Oliveira, que passou a receber um salário como agente da empresa comercial para o Nordeste, com sede em Natal.

Salamon chegou ao Recife em 20 de setembro, a bordo do cargueiro misto Pedro II, seguindo depois de trem para Natal, para encontrar-se com Arthur e entregar equipamentos de transmissão. A partir de outubro, relatórios sistemáticos sobre o movimento de aviões americanos em direção à África chegavam semanalmente aos endereços de Budapeste.

De Berlim, Salamon recebeu ordens para esquecer a movimentação marítima do Rio de Janeiro e concentrar-se nos relatórios, "listando número de aeronaves, fabricação, modelo, origem, destino, horários exatos de partida e fotos dos aviões americanos e ingleses, canhões antiaéreos, bombas etc.".

A polícia do Recife, atenta a tanta exposição, deteve e interrogou Salamon, mas por conta de seu passaporte diplomático ele foi colocado num vapor rumo ao Rio de Janeiro, ao mesmo tempo que era expedido o seguinte radiotelegrama secreto:

> *NR SS/13/221 pt urgentissimo pt Dr Elpidio Reali pt delegado auxiliar diretor Dops solicito providencias sentido serem rigorosamente observadas atividades e ligações do capitão Hungaro Janos Salamon, que mantem escritorio comercial na avenida Nossa Senhora de Copacabana, com a advogada Rosa de Balas, prestadora de serviços juridicos a legacao hungara na rua Paissandu pt sao suspeitos de serem agentes do eixo com conexao na base aerea de Parnamirim pt do resultado diligencia solicito dar conhecimento pt saudacoes.*

*

As diligências do Dops em Copacabana e na rua Paissandu foram bastante proveitosas, estabelecendo ligações do húngaro com seu agente em Natal, fato prontamente transmitido às autoridades americanas que controlavam a base aérea de Parnamirim.

Os americanos resolveram entregar Arthur de Oliveira (aliás, Wilhelm Wundt) à polícia do Rio Grande do Norte, que destruiu os radiotransmissores e enviou o detido para o campo de concentração Chã de Estevão, localizado no município de Araçoiaba, distante 60 quilômetros do Recife, que fazia parte das terras da família Lundgren. Wundt ali ficou internado até o dia 30 de agosto de 1945, meses depois do fim da guerra, quando o campo foi extinto e ele retornou a São Paulo, voltando a se dedicar ao comércio de café, especialmente em exportações para a Hungria.

13. LUCCA FERREIRA

"*Biscotti con vin santo,* meu filho, somente da *nonna,* e a massa tinha gotas de chocolate!" Na parede da cozinha, emoldurada, a receita com a letra da própria *nonna:*

Ingredienti per biscottini:

- 500 gr di farina
- 100 gr di zucchero
- 1 bicchiere di vinsanto
- 1 bicchiere di olio di semi
- 1 bustina di lievito vanigliato
- 1 pizzico di sale
- mandorle affettate secondo gradimento
- 1 manciata di pinoli
- gocce di cioccolato fondente secondo gradimento.

Lucca ouviu da mãe essa receita durante toda a infância, mas não fazia ideia do que se tratava. Silvia Todeschini chegara ao Brasil em 1930, aos 27 anos de idade, viúva, com o filho de 6 anos. Tendo perdido o marido na Itália, com a situação pouco favorável em Faenza, decidiu emigrar para o Brasil e começar vida nova. Dois anos antes, seu cunhado já estava estabelecido em Caxias do Sul, Rio Grande, "o que seria um bom começo". Em seis meses já estava casada com Antônio Ferreira, de 35 anos, e resolveu, um pouco para esquecer o passado, tornar-se apenas Silvia Ferreira. Aproveitou também a generosidade de Antônio para registrar o menino como Lucca Ferreira, filho do casal.

Antônio era um pequeno comerciante – fazia reparos de pneus em uma loja à beira da estrada Caxias do Sul-Porto Alegre. Era um simples borracheiro, portanto, mas acompanhava detalhadamente a política, cultivando verdadeira idolatria por Getúlio Vargas, tanto no governo do Rio Grande do Sul quanto como na Presidência da República. Era dos poucos assinantes do *Correio do Povo*, e quase toda semana escrevia uma carta para o jornal externando suas opiniões com convicção.

Antônio acompanhou as novidades da guerra na Europa desde seu início, em 1939, e em 1943 fez questão de levar Lucca, então com 19 anos, para se alistar na Força Expedicionária Brasileira, viajando até o Rio de Janeiro para os exames médicos. Uma vez aceito, Lucca foi designado para o 9º Batalhão de Engenharia de Combate, em Três Rios. Um mês depois, foi transferido para a Vila Militar, no Rio de Janeiro, onde iniciou os treinamentos para a guerra.

*

O primeiro contingente da FEB, com 5.379 homens, partiu do Rio de Janeiro no domingo, 2 de julho de 1944, com destino a Nápoles. O transporte das tropas foi feito pelo USS General Mann, escoltado pelos destróieres brasileiros Marcílio Dias, Mariz e Barros e Greenhalgh. Quase três meses depois, mais 11 mil homens (2º e 3º escalões da FEB) partiram do Brasil na sexta-feira, 22 de setembro. Era nesse segundo contingente que estava o soldado Lucca Ferreira.

Dois meses após sua chegada à Itália, Lucca foi designado para o batalhão cuja missão era tomar Monte Castello, importante posição ao norte da Itália. O início dos combates ocorreu em 24 de novembro. Embora ainda não fosse oficialmente inverno, o frio era intenso, até mesmo para quem, como ele, tinha vindo de Caxias do Sul.

Tudo lhe parecia estranho: a falta dos pais, da namorada, dos amigos de Caxias, a terra arrasada e o medo do combate. Aperfeiçoar-se na atividade de matar um ser humano, por mais que fosse incentivada pelas autoridades como necessário e meritório, não era natural, apesar de seus ideais patrióticos, de modo que seu estado de ânimo era ruim.

O comandante havia prometido uma ceia de Natal para o dia 24 de dezembro. Mas a perspectiva do fim da batalha era totalmente incerta e lhe era difícil passar a data longe da família.

*

Numa das suas preleções, o comandante mencionou os nomes de algumas das pequenas vilas da região, e Lucca se surpreendera ao escutar o nome Faenza. Estaria a *nonna* viva? Na pequena trégua do dia 24 de dezembro, Lucca resolveu vestir sua única roupa à paisana e tomar o rumo da cidadezinha, aproveitando a carona na boleia do caminhão de um fornecedor do batalhão até Perúgia.

*

O único hotel de Perúgia ficava bem em frente à estação de trem, onde Lucca pernoitou, redescobrindo o prazer de dormir numa cama de verdade, o que não fazia desde o Brasil. Havia um trem partindo para Arezzo na manhã seguinte, 25 de dezembro, e de lá ele certamente conseguiria transporte até Faenza. Lucca tinha o italiano como primeira língua e, em casa, esse era o idioma que falava com a mãe, quando o padrasto não estava por perto. Porém, com poucas palavras, encontraria a direção da *nonna*.

*

Lucretia Todeschini não quis vir para o Brasil com a filha Silvia e o neto Lucca, por julgar que, aos 57 anos de idade, mudar de país seria um sacrifício maior do que ficar longe da filha e do neto. Além do que, quem sabe, um dia, depois da melhoria das condições de vida de Silvia, ela também pudesse imigrar. Ela não se sentia, entretanto, disposta a fazer isso, pois sua condição financeira era estável. Lucretia era dona de uma casa na saída da vila e realizava serviços de costura para a principal confecção de Faenza, a tradicional Lunablu Abbigliamento Uomo, sediada no centro histórico da cidade, nesse momento muito sobrecarregada com as encomendas de uniformes militares.

No começo, Silvia escrevia quase todas as semanas; depois passou a escrever mensalmente; e, por fim, somente em datas festivas, aniversários ou para o eventual envio de uma foto do neto Lucca. Lucretia, por sua vez, nunca chegou a relatar à família o diagnóstico de diabetes tipo 2, que aos poucos foi afetando sua visão, obrigando-a, aos 65 anos, a deixar de costurar, passando a viver de pequenos benefícios do regime previdenciário de Mussolini, além de conseguir algum dinheirinho extra com a venda dos ovos das galinhas que criava no quintal.

Em julho de 1943, Lucretia precisou ser internada, pois a visão piorara de vez e o inchaço das pernas impossibilitava a locomoção. Em novembro foi indicada a amputação dos dois pés, para que a infecção não se alastrasse. Com a visão reduzida a menos de 10% do normal, audição parcial somente em um dos ouvidos e numa cadeira de rodas, sua perspectiva de vida aos 70 anos não era promissora. Ela sofria ainda mais em virtude da ausência de Silvia e Lucca, dos quais tinha notícias cada vez mais esparsas por conta da guerra, que impossibilitava o correio regular entre os países envolvidos no conflito.

*

Ao chegar a Faenza, Lucca procurou informações sobre a avó no Duomo di Faenza, Catedral de São

Pedro Apóstolo. Frei Adamo, maior autoridade católica local, forneceu a Lucca o endereço de Lucretia, auxiliar da paróquia, comentando que estranhava a ausência de sua avó na missa nos últimos tempos.

Lucca bateu à porta do endereço passado por frei Adamo, mas não obteve resposta. Pensou então que todo o seu esforço tinha sido em vão, não contendo as lágrimas. Contudo, uma vizinha à janela perguntou quem ele era e, com a resposta, lhe indicou o caminho do Ospedale Civile di Faenza.

Às seis da tarde ouviu-se pela pequena vila o Angelus, ritmicamente recitado:

> *Ave Maria, gratia plena, Dominus tecum. Benedicta tu in mulieribus, et benedictus fructus ventris tui, Iesus. Sancta Maria, Mater Dei, ora pro nobis peccatoribus, nunc, et in hora mortis nostrae. Amen.*

Aliviado e radiante de felicidade, Lucca pôde enfim se sentar na cadeira ao lado do leito de Lucretia, sussurrando algumas palavras carinhosas para lhe indicar sua presença. Ao perceber o neto querido junto de si, Lucretia repousou a mão sobre a mão de Lucca e, após apertá-la por um breve instante, fechou os olhos pela última vez, pensando que tinha valido a pena viver até aquele dia de Natal.

14. HAFEZ HUSSEIN

A Turquia foi aliada da Alemanha na guerra de 1914, quando Adolf Hitler combateu como simples soldado, já defendendo o ideal da expansão germânica internacional, com o objetivo de ampliação de território. Hitler lutou na França e na Bélgica no 16º Regimento Bávaro de Reserva, servindo primeiro como *Schütze* – fuzileiro –, sendo depois promovido à patente de *Gefreiter*, posto equivalente ao de cabo, nada de muito destaque.

Mustafa Kemal Atatürk, que viria a ser o grande estadista da Turquia, recebeu a missão de organizar e comandar a 19ª Divisão ligada ao 5º Exército e foi colocado em Rodosto, no mar de Mármara. No decorrer da Primeira Guerra, Atatürk se destacou grandemente e suas importantes realizações despertaram a admiração de Hitler.

Com o final do conflito, tanto Hitler como Atatürk ascenderam politicamente, consolidando suas posições de liderança em seus respectivos países. Atatürk via a Alemanha com bons olhos, já que pretendia europeizar a Turquia, e invejava a militarização germânica, aproveitando as oportunidades de exportação, facilitadas pelo crédito fácil, que muito contribuiu para a estabilização econômica da Turquia.

O objetivo continuado da expansão alemã no final da década de 1920 já era bastante evidente, e Turquia e Alemanha, com a aliança formada na Primeira Guerra, não tardaram em firmar um pacto secreto de não agressão – a que ao menos os turcos tencionavam obedecer rigorosamente.

*

O pacto trazia, adicionalmente, uma cláusula de compromisso do governo turco de ceder informações e cooperar com o serviço de inteligência alemão. Apesar de assinado em 1937, um ano antes da morte de Atatürk, os termos obrigavam seus sucessores a cumprirem o trato, o que em 1942 estava oportunamente lembrado na chancelaria alemã. Com essa prerrogativa, Franz Joseph von Papen foi encarregado de missão estratégica, embarcando de Viena para Istambul em 20 de abril para um encontro com o próprio presidente da República Turca, Mustafa Ismet Inönü.

O tema era delicado: fazer uma gestão junto ao governo brasileiro, então com grande inclinação pró-americana, de modo a reverter seu posicionamento, tornando-o favorável à Alemanha. O Brasil era demasiado longe, mas tinha matérias-primas essenciais e, futuramente, seria um território natural de expansão, tendo em vista o grande contingente de imigrantes alemães, italianos, japoneses e, também, em posição menor, sírios, libaneses e turcos. O Ministério da Propaganda havia identificado no Brasil um potencial aliado, o interventor Adhemar de Barros, de quem Getúlio Vargas dependia politicamente pela força do estado de São Paulo e era muito ligado à comunidade turca na capital.

O plano de Adhemar era substituir Getúlio, quer fosse pelo voto — o que parecia pouco provável – quer fosse pela ação popular e militar, a exemplo do que já ocorrera no passado, com os combates paulistas na Revolução Constitucionalista de 1932. Entre os líderes da comunidade que mais apoiavam Barros se destacava Hafez Hussein, presidente da Associação Comercial de São Paulo, que mantinha relações estreitas com a oligarquia turca em Istambul. E também, pelo que se dizia à boca pequena, com herdeiros do último sultão Mehmed VI, autoexilado em Castelvecchio di Rocca Barbena, uma das últimas vilas italianas antes da fronteira com a França.

Trinta dias após o encontro Von Papen-Inönü, o coronel Baklava Assad, secretário-geral de Informações, embarcou no porto de Lorient, na França, base dos submarinos alemães para o Ocidente, no submarino U-199, cuja missão seria chegar próximo ao porto de Santos. A poucas milhas de Santos, seria aguardado por um barco pesqueiro de nenhuma suspeição, embora munido de radiotransmissor suficiente para comunicações com a Europa.

*

Hafez Hussein atendeu ao pedido de entrevista com Baklava Assad, feito por telegrama por um dos grandes importadores de café da Turquia, de modo que o assunto não seria de todo desconhecido.

Depois de se sentir em terreno seguro, o plano de Assad foi apresentado. Tratava-se do envio de transferências de vultosas somas de marcos alemães através do Banco do Brasil, supostamente para pagamento antecipado de embarques de café que nunca ocorreriam, e destinadas em verdade a Adhemar de Barros, não sem antes se subtrair generosa contribuição para Hussein.

*

O contínuo afundamento de navios mercantes brasileiros acirrou a opinião pública naquele início de agosto de 1942, o que não impediu Adhemar de Barros de solicitar uma audiência com Vargas no Palácio do Catete, já que ele representava o estado economicamente mais forte da federação e teria de ser ouvido.

Adhemar foi direto e pediu a Vargas que resistisse ao clamor popular e não declarasse guerra à Alemanha, oferecendo todo apoio do estado de São Paulo nessa decisão.

*

Ignorando a gestão paulista, Getúlio decidiu declarar guerra à Alemanha em 22 de agosto, sob aplausos e palavras de ordem da população em frente ao Palácio do Catete. Adhemar de Barros seguiu sua carreira política, sendo eleito mais de uma vez para o governo de São Paulo, participando do golpe militar de 1964 e finalmente vindo a falecer em março de 1969 em Paris.

Conhecido pelo controverso slogan "rouba, mas faz", Barros se viu envolvido em um assalto notório, realizado no Rio de Janeiro. O plano, atribuído a membros do grupo VAR-Palmares, teria rendido 2,4 milhões de dólares. O cofre com o dinheiro foi levado a um "aparelho" em Jacarepaguá – um refúgio de militantes da resistência armada.

*

O que foi feito com o produto do roubo continua incerto até hoje. Uma das versões mais difundidas aponta que vários militares receberam 800 dólares cada um, "para emergências", enquanto 1 milhão foi destinado à compra de material para guerrilha. Ademais, o embaixador da Argélia no Brasil, Hafif Keramane, teria recebido mais 1 milhão de dólares para continuar sua atuação como intermediário com os militantes exilados e, conforme noticiado pelos periódicos, outros 250 mil foram divididos entre os remanescentes do VAR-Palmares.

15. KARL GUSTAV ROLEKE

Juscelino Kubitschek, carinhosamente chamado pelo povo de "presidente bossa nova", transpirava sob o forte sol do Rio de Janeiro naquele dezembro de 1960, enquanto depositava a urna do soldado desconhecido no Monumento aos Mortos da Segunda Guerra Mundial. Os restos mortais de quase quinhentos brasileiros enterrados no cemitério de Pistoia, na Itália, entre eles os do sargento Geraldo Otávio de Lima, tinham chegado ao local definitivo de repouso, quinze anos após o final da guerra.

Para a solenidade foi convidado o corpo diplomático ainda sediado na cidade, que havia deixado de ser em abril a capital federal, não se discriminando, àquela época, Aliados e o Eixo. Assim, estavam também comitivas dos alemães, italianos e japoneses. Nem todos eram, entretanto, convidados. Entre o grupo de assistentes estava Karl Gustav Roleke, um ex-presidiário alemão que cumpriu longa pena em diversos presídios brasileiros, desde 1947.

Uma das tarefas da missão diplomática alemã em 1960 era o acompanhamento de presos do país nas penitenciárias brasileiras. Nas visitas aos detentos, levava-se material de leitura em alemão para ajudá-los a passar o tempo, além de uma ajuda financeira para a compra de itens de primeira necessidade. A tarefa mais importante dos diplomatas, no entanto, era acompanhar a libertação dos presos e o repatriamento para a Alemanha, o que acontecia em quase todos os casos.

Libertado naquele dezembro de 1960, depois de cumprir pena de quase dezesseis anos em cinco diferentes prisões cariocas, Roleke logo percebeu que o caminho de retorno ao crime poderia ser bem curto, como declarou na edição de janeiro de 1961 da revista *Bundeszentrale für politische Bildung*:

Muitos presos estrangeiros, quando são libertados, vão procurar as pessoas que conheceram na cadeia por falta de opção e acabam sendo chamados para novos crimes. Eu também recebi convites desse tipo, mas não levei a sério. Por enquanto vou ficar no Brasil para resolver alguns assuntos pendentes. Nas prisões no Rio tudo tem de ser comprado, dos produtos de higiene pessoal ao colchão e lençol para dormir. Isso quando você consegue um lugar para colocar um colchão. Cheguei a ficar numa cela com cerca de sessenta presos. Greves de fome para protestar contra a situação são comuns. A única penitenciária em que fiquei em condições melhores foi a Vieira Ferreira Neto, em Niterói. O maior problema, em geral, é que não há ressocialização. Se a pessoa entra um pouco criminosa, sai totalmente criminosa. Numa mesma cela tem gente que roubou uma bicicleta e gente que matou uma pessoa.

*

Karl Gustav Roleke foi parcialmente vítima de um erro de justiça e, por não falar português, no cenário confuso do final da guerra, não se beneficiou de nenhum tipo de assistência – da família, de amigos ou por parte do governo, já que as relações diplomáticas entre os dois países somente foram restabelecidas em julho de 1951, com a construção da sede da Embaixada da Alemanha em Petrópolis, no Rio de Janeiro.

Roleke chegara ao Brasil em 1946, com um objetivo de vingança pessoal bastante claro. Tinha jurado exterminar a família do sargento Geraldo Otávio de Lima que, em luta na batalha de Monte Castello, o deixara cego do olho esquerdo. A fúria com que Roleke investiu sobre Geraldo, matando-o a golpes de baioneta, não foi suficiente para aplacar seu ódio; ele sentia necessidade de causar mal maior. Desembarcando do cargueiro em que fez a travessia como taifeiro encarregado das faxinas dos porões, em Santos, rumou para o endereço da família de Geraldo em Jundiaí, obtido através da carta que encontrou em seu bolso, que ele guardara com todo cuidado por anos. A carta lhe permitiu saber, graças à ajuda de um tradutor, que Geraldo deixou mãe viúva e duas irmãs.

De Santos, Roleke pegou duas caronas para São Paulo, em boleia de caminhão, e se hospedou por duas noites em uma pensão próxima à Estação da Luz. De lá seguiu para Jundiaí.

*

Roleke tinha sido cabo do exército especialista em explosivos. Localizando a casa da família Lima, no bairro do Retiro, observou durante dias a rotina de saída da mãe de Geraldo, cozinheira da Paróquia São José Operário, assim como a das duas irmãs, ambas normalistas. Em dois dias seguidos, aproveitando a ausência dos ocupantes durante o dia, havia montado cargas de dinamite suficientes para derrubar meio quarteirão. A explosão, no entanto, não foi bem-sucedida, pois a detonação foi apenas parcial, possivelmente pela validade expirada dos explosivos, derrubando apenas o teto do aposento em que dormia a viúva, preservando as duas irmãs.

A explosão foi noticiada no *Jornal de Jundiaí* como tendo sido provocada pelo vazamento de gás de cozinha, já que era impensável na cidade qualquer violência extrema como aquela.

Apesar de insuspeito do crime que de fato cometera, Roleke foi preso, paradoxalmente, um mês depois no Rio de Janeiro, em virtude de uma briga de bar na praça Mauá, quando se registraram duas mortes. Roleke foi imediatamente indiciado, julgado, condenado e penitenciado a trinta anos de prisão.

*

Em 1960, ambas as irmãs normalistas do sargento Geraldo já estavam casadas. Uma delas com dois filhos e a outra com um. Eram pacatas mães e donas de casa, de forma que não foi difícil para Roleke em uma mesma tarde, entrar nas duas casas, quando os maridos estavam ocupados no trabalho, e disparar tiros certeiros, deixando as crianças em prantos.

De Jundiaí, Roleke pegou um ônibus até São Paulo, regressando em seguida para o Rio de Janeiro em trem noturno. Com o passaporte que a embaixada havia emitido em seu nome, embarcou pela Panair no voo para Paris, fazendo escala em Dacar, na costa da África. Em Dacar, abandonou o voo, comprando uma passagem Dacar-Frankfurt, para dificultar um rastreamento.

Missão cumprida, pensou. Com atraso, porém cumprida...

*

Na falta de outra justificativa, ou de outro motivo aparente, a polícia de Jundiaí encarou os dois homicídios como crime passional. Houve quem dissesse que os cunhados/maridos estivessem envolvidos. O *Jornal de Jundiaí* cobriu o assunto durante duas semanas, até que outras notícias mais prementes relegassem os crimes ao segundo plano, fazendo o caso desaparecer da memória dos leitores.

POSFÁCIO

Faz alguns anos, recebi um gentil convite do professor George Smiles para passar um fim de semana em seu *cottage* na praia de Caister-on-Sea, Norfolk, distante apenas vinte e poucas milhas de seu escritório na University of East Anglia. Caister-on-Sea na verdade já fica no mar do Norte e a paisagem é muito mais de rochedos com tempestades do que praia com sol.

Tomei um avião de Milão até Norwich, onde me encontrei com Smiles na universidade, na tarde de uma sexta-feira, para um pequeno *tour* pelas instalações. Fiquei ciente de que o grupo de historiadores estava bem ligado às atividades de informática, desde os anos 1950, tendo seu grupo feito parte da ARPANET, a primeira rede a usar o protocolo internet.

East Anglia estava assim na vanguarda da troca de informações acadêmicas com o resto do mundo, e a pesquisa sobre a Segunda Guerra e o Brasil contou com todos os recursos disponíveis, tendo sido pesquisados todos os nomes de protagonistas, governantes do Brasil e da Alemanha, militares brasileiros, alemães e italianos, embarcações e rotas, atas de reuniões, batalhas, detalhes sobre a FEB, jornais brasileiros e revistas da época, assim como acesso aos documentos primários como Ata de Reunião dos Chanceleres de janeiro de 1942; também foram pesquisados os documentos do Secretary of State e do Secretary of War, com os textos originais dos telegramas e planos americanos, e no caso brasileiro fac-símiles de telegramas do Dops e cartas ministeriais.

É inacreditável como Smiles tinha esses fac-símiles impressos sobre sua mesa, décadas após suas ocorrências. Não há dúvida de que os trabalhos de pesquisa ganharam um fôlego imenso com a comunicação entre computadores, e Smiles e sua equipe já tinham um avanço considerável quando Bill Gates denominou a internet de *Information highway*.

Já em seu *cottage* na praia, após o jantar e mesmo algumas doses generosas de whisky single malt, fiquei sozinho e sem sono na madrugada e acabei por encontrar em uma estante, com uma pequena placa "BRAZIL", quase vinte livros minuciosamente anotados pelo dono da casa, e achei que deveria registrar os principais. De alguma forma, já pressentia que essa informação poderia ser útil na revisão das notas e na possível edição do livro. Assim, relaciono-os no final do volume.

Dr. Piero della Francesca

PARTE II

FELIX BECKER

"Deus devia estar de férias durante o Holocausto."
(*God must have been on leave during the Holocaust.*)

Simon Wiesenthal (1908-2005), sobrevivente dos campos de extermínio nazistas que dedicou sua vida a documentar os crimes do Holocausto e a encontrar os criminosos ainda em liberdade

"O fascismo não se define pelo número de suas vítimas, mas pela forma como elas são assassinadas."
(*Le fascisme n'est pas défini par le nombre de ses victimes, mais par la façon dans laquelle il les tue.*)

Jean-Paul Sartre (1905-1980),
filósofo francês

DEDICATÓRIA

Dedico meu depoimento a Franklin Delano Roosevelt, 32° presidente dos Estados Unidos, de 1933 a 1945, e a Winston Leonard Spencer Churchill, primeiro-ministro do Reino Unido, de 1940 a 1945, por ter dado crédito às minhas revelações, o que possivelmente salvou milhões de vítimas, caso a Segunda Guerra Mundial tivesse prosseguido além do desfecho aqui relatado.

Felix Becker

INTRODUÇÃO

Em meados de 1945, após o término da frente europeia da guerra, a França, a União Soviética, o Reino Unido e os Estados Unidos resolveram convocar um tribunal conjunto em Nuremberg, na Alemanha ocupada. Entre 20 de novembro de 1945 e 1º de outubro de 1946, o Tribunal Militar Internacional (IMT) julgou 21 dos mais importantes líderes sobreviventes da Alemanha nazista nas esferas política, militar e econômica, bem como seis organizações alemãs. O objetivo do julgamento não era apenas condenar os réus, mas também reunir provas irrefutáveis dos crimes nazistas, oferecer uma aula de história aos alemães derrotados e desqualificar a tradicional elite alemã.

Robert Kempner era um judeu ex-funcionário público alemão que havia emigrado para os Estados Unidos na década de 1930. Em março de 1947, Kempner atuou como advogado no julgamento de 1947-1948 do Ministério das Relações Exteriores da Alemanha, coletando informações para os julgamentos adicionais para o tribunal de Nuremberg, quando sua equipe fez uma descoberta definitiva. Com o carimbo *Geheime Reichssache* (Assunto Secreto do Reich) e escondido em uma pasta do Ministério das Relações Exteriores da Alemanha, estava a ata de uma reunião em Wannsee de janeiro de 1942. Kempner mostrou para seu chefe, o general Telford Taylor, o que havia encontrado: os dois homens sabiam que haviam descoberto "talvez o documento mais vergonhoso da história moderna".

Nunca houve uma prova mais definitiva da existência de uma governança oficial e planejada do genocídio. Até hoje, o Protocolo de Wannsee continua sendo a declaração mais emblemática e programática da maneira nazista de promover o assassinato de milhões de pessoas.

O encontro reuniu quinze altos funcionários públicos nazistas, oficiais da SS e do Partido e ocorreu em 20 de janeiro de 1942, em uma grande vila de Berlim às margens do lago Wannsee. Os oficiais americanos encontraram a única cópia sobrevivente da ata, a de número 16, de um total original de trinta – ata ou protocolo de Wannsee, em deferência ao termo alemão *protokoll*, como logo ficou conhecida.

Mas houve vários incidentes até a reunião de fato ocorrer. Em 29 de novembro de 1941, Reinhard Heydrich, SS-Obergruppenführer, chefe do Escritório Central de Segurança, enviou convites para uma conferência ministerial a ser realizada em 9 de dezembro nos escritórios da Interpol em Am Kleinen Wannsee, mas depois mudou o local em 4 de dezembro para o local final da reunião. Junto com o convite, foi anexada uma cópia de uma carta de Hermann Göring de 31 de julho que o autorizava a planejar a chamada Solução Final para a Questão Judaica. Os ministérios a serem representados eram o do Interior, da Justiça, do Plano Quadrienal, da Propaganda e Ministério dos Territórios Orientais Ocupados.

Entre a data inicial da reunião e sua efetiva realização, vários acontecimentos foram registrados:

- Em 5 de dezembro de 1941, o Exército Vermelho iniciou uma contraofensiva perto de Moscou, acabando com a perspectiva de uma rápida conquista da União Soviética.
- Em 7 de dezembro de 1941, os japoneses realizaram um ataque a Pearl Harbour.
- Em 8 de dezembro, os Estados Unidos declararam guerra ao Japão.
- Em 11 de dezembro, a Alemanha declarou guerra aos Estados Unidos.
- Em 12 de dezembro de 1941, na reunião da chancelaria do Reich, o Führer se reuniu com as principais autoridades do partido e deixou claras suas intenções. Hitler decidiu que os judeus da Europa deveriam ser exterminados imediatamente, em vez de depois da guerra, que agora não tinha fim à vista.

- Em 18 de dezembro, Hitler discutiu o destino dos judeus com Heinrich Himmler na *Wolfsschanze* (Toca do Lobo), um dos seus maiores quartéis-generais, perto de Rastenburg. Após a reunião, Himmler fez uma anotação em sua agenda de serviço, que dizia simplesmente "questão judaica".

Como alguns convidados estavam envolvidos nesses eventos, em 8 de janeiro de 1942, Heydrich enviou novos convites para uma reunião a ser realizada em 20 de janeiro.

Apesar do eufemismo da eliminação, a ata contém inequivocamente um plano de genocídio, formulado em linguagem sóbria e burocrática, deliberado em um ambiente civilizado em um subúrbio outrora cosmopolita de Berlim.

1. WANNSEE, BERLIM

Dois anos depois de iniciada a Segunda Guerra Mundial, definido seu início como a invasão da Polônia pela Alemanha em 1º de setembro de 1939, reuniram-se numa mansão em Wannsee, a 25 quilômetros do Portão de Brandemburgo, centro de Berlim, no dia 20 de janeiro de 1942, quinze pessoas, sendo sete oficiais militares e oito burocratas do Terceiro Reich:

1. Reinhard Heydrich, SS-Obergruppenführer, Escritório Central de Segurança;
2. Heinrich Müller, líder do grupo SS-Gruppenführer;
3. Adolf Eichmann, SS-Obersturmbannführer, Escritório Central de Segurança;

4. Eberhard Schöngarth, SS-Oberführer, Polícia de Segurança e Serviço de Segurança da SS (SD);
5. Rudolf Lange, SS-Sturmbannführer, Polícia de Segurança;
6. Otto Hofmann, SS-Gruppenführer;
7. Alfred Meyer, Gauleiter, Ministério do Reich para os Territórios Ocupados do Leste;
8. Georg Leibbrandt, chefe de Departamento do Reich, Ministério do Reich para os Territórios ocupados do Leste;
9. Gerhard Klopfer, SS-Oberführer, chancelaria do Partido Nazista;
10. Martin Luther, subsecretário de Estado;
11. Josef Bühler, secretário de Estado, Gabinete do Governo-Geral;
12. Roland Freisler, secretário de Estado, Ministério da Justiça;
13. Erich Neumann, secretário de Estado plenipotenciário, Gabinete do Plano Quadrienal;
14. Wilhelm Kritzinger, secretário permanente, chancelaria;

15. Wilhelm Stuckart, secretário de Estado, Ministério do Interior.

Como se fosse uma convenção empresarial para discutir o *budget* dos próximos anos, os *gentlemen* estavam ali reunidos para discutir providências para a "Solução Final da Questão Judaica na Europa".

Heydrich havia delegado a Adolf Eichmann aprontar uma ata da reunião com esclarecimentos das questões fundamentais da preparação.

A reunião demorou apenas 90 minutos, estando os presentes ainda sob o impacto da entrada dos Estados Unidos na guerra no mês anterior, em seguida ao ataque japonês a Pearl Harbour.

Os pontos principais da ata tratavam da expulsão dos judeus de toda e qualquer participação na vida do povo alemão e de seu espaço geográfico, aí compreendidos os territórios incorporados e a incorporar.

Para isso precisavam aumentar a emigração e direcionar seu fluxo, além de acelerar cada caso individual.

Os dados apresentados aos presentes descreviam as previsões das deportações dos indesejados, eufemismo adotado para o genocídio, com a seguinte distribuição em cada país na Europa:

- Altreich (Alemanha antes de 1938): 131.800;
- Ostmark (Áustria): 43.700;
- Território do leste: 420.000;
- Governo-Geral: 2.284.000;
- Białystok: 400.000;
- Protetorado da Boêmia e da Morávia: 74.200;
- Estônia: Livre de judeus;
- Letônia: 3.500;
- Lituânia: 34.000;
- Bélgica: 43.000;
- Dinamarca: 5.600;
- França
  Território ocupado: 165.000;
  Território desocupado: 700.000;
- Grécia: 69.600;
- Países Baixos: 160.800;
- Noruega: 1.300;
- Bulgária: 48.000;
- Inglaterra: 330.000;

- Finlândia: 2.300;
- Irlanda: 4.000;
- Itália (incluindo Sardenha): 58.000;
- Albânia: 200.000;
- Croácia: 40.000;
- Portugal: 3.000;
- Romênia (incluindo Bessarábia): 342.000;
- Suécia: 8.000;
- Suíça: 18.000;
- Sérvia: 10.000;
- Eslováquia: 88.000;
- Espanha: 6.000;
- Turquia (porção europeia): 55.500;
- Hungria: 742.800;
- URSS: 5.000.000;
- Ucrânia: 2.994.684;
- Bielorrússia (excluindo Białystok): 446.484.

Em números redondos, mais de 11 milhões de pessoas.

Sob orientação adequada, no curso da Solução Final, os judeus seriam em princípio alocados para trabalhos no Leste Europeu. Judeus fisicamente aptos, separados por sexo, seriam levados em grandes colunas a essas áreas para trabalhos nas estradas; no decorrer da ação, sem dúvida, uma grande parte seria eliminada por causas naturais. O possível remanescente final constituiria a porção mais resistente, e deveria ser tratado de acordo, pois é produto da seleção natural e, caso liberados, atuariam como a semente de um novo renascimento judaico.

Em cima dos portões de entrada dos "campos de trabalho" estava desenhada em ferro a frase *Arbeit macht frei*, "o trabalho liberta".

Esse planejamento detalhado não poderia, entretanto, supor um futuro diferente, não fosse a presença de garçons servindo *cognac*, café e água, um dos quais se surpreendeu com o que se discutia.

2. RIO DE JANEIRO

No mesmo 20 de janeiro de 1942, no Rio de Janeiro, transcorria a III Reunião de Consulta dos Chanceleres das Repúblicas Americanas, convocada pelos Estados Unidos logo após o ataque japonês a Pearl Harbour no mês anterior. Roosevelt buscava a aprovação unânime de uma resolução de rompimento imediato de relações diplomáticas e comerciais dos países americanos com o Eixo.

Getúlio Vargas já demonstrara essa intenção ao abrir o encontro, no dia 15 de janeiro: "É propósito dos brasileiros defender, palmo a palmo, o próprio território contra quaisquer incursões e não permitir que possam as suas terras e águas servir de ponto de apoio para o assalto a nações irmãs. Não mediremos sacrifícios para a defesa coletiva."

Ao final do encontro, o ministro das Relações Exteriores do Brasil, Oswaldo Aranha, anuncia o rompimento das relações entre o Brasil e os países do Eixo – Alemanha, Itália e Japão. Tanto embaixadores e autoridades presentes ao encontro quanto a multidão que acompanhava da rua a solenidade no Palácio Tiradentes aplaudem efusivamente o chanceler brasileiro, com a exceção de representantes da Argentina e do Chile, que não aderiram ao rompimento.

Nas colunas de esportes, os jornais do dia anunciavam que a partida entre as seleções de Brasil e Peru, no Estádio Centenário, em Montevidéu, em disputa pelo Campeonato Sul-Americano de Football, seria transmitida pelo rádio pela voz do locutor Oduvaldo Cozzi.

Já na parte social, chamava atenção a notícia sobre "O grito de Carnaval dos Can-Cans de Saenz Pena", informando que "a distinta rapaziada da Tijuca está em grandes preparativos para o próximo dia 7 de fevereiro, quando será comemorado o 3° aniversário do já vitorioso grupo de rapazes da fina elite tijucana".

3. SÃO LEOPOLDO, RIO GRANDE DO SUL

O *Koserit'' Deutscher Volkskalender für Brasilien,* almanaque da colônia alemã no Rio Grande do Sul, publicou, na sua edição de julho de 1920, a notícia do nascimento de Felix Becker em 15 de junho, uma terça-feira, sendo o segundo filho de Andreas Becker e Sofie Becker.

Todos da família Becker firmaram raízes locais. Somente Thomas, pai de Andreas, resolveu retornar para a mãe pátria, para tentar alguma coisa diferente, atraído pelo Nationalsozialistische Deutsche Arbeiterpartei emergente, de que tinha notícias pelas revistas que chegavam a Porto Alegre e pela captação de rádio de ondas curtas.

Em 1933, a estação Zeesen surgiu perto de Berlim para transmitir as ações da política externa do poder nazista germânico, via ondas curtas, para os numerosos grupos populacionais que haviam emigrado da Alemanha. Em 1936, durante os Jogos Olímpicos de Berlim, a rádio Zeesen transmitiu programas em 28 idiomas, incluindo o português do Brasil.

A família Becker era uma das mais tradicionais de São Leopoldo, a menos de 50 quilômetros de Porto Alegre, aonde seus ancestrais haviam chegado em 1824. Quase cem anos depois, ainda havia escolas alfabetizando exclusivamente em alemão, o que veio a terminar somente em 1938, no Estado Novo de Getúlio Vargas.

Como era natural, em 1936 Felix já trabalhava intensamente na Becker Metalurgia, empresa sob o firme comando de Andreas, onde se falava alemão entre todos os funcionários; somente dois, Felix e seu irmão mais velho, entre os doze empregados, falavam português para atender uma freguesia ocasional não pertencente à colônia.

Em 20 de abril de 1941, Andreas recebe carta de Thomas, que relatou estar desamparado, internado com pneumonia no St. Elisabeth-Krankenhaus de Leipzig, e pede a ida do filho com urgência. Andreas resolve que o melhor é enviar Felix, já que é bem articulado, e o empresário não pode deixar a metalúrgica sem direção.

Como o Brasil ainda não tinha rompido relações com a Alemanha, Felix conseguiu uma posição como taifeiro no Serpa Pinto, cargueiro da Companhia Colonial de Navegação, que saiu do porto de Rio Grande e desembarcou no porto de Gênova, no noroeste da Itália. De carona em carona através da Áustria, finalmente chegou a Leipzig, apenas para descobrir que Thomas havia falecido três dias antes e fora enterrado como indigente em vala comum no *Südfriedhof*, o cemitério da cidade.

Felix procurou abrigo numa pensão em frente à estação de trem, com sua pequena mala e alguns marcos alemães que seu pai lhe dera, e mais algum dinheiro dos serviços no Serpa Pinto.

Registrando-se na recepção com seus papéis brasileiros, mal tinha começado a dormir no seu quarto, a polícia bateu à porta e o levou para a delegacia da *Bundespolizei*. Como falava fluentemente alemão, Felix explicou sua jornada. Sendo pelas autoridades considerado de nacionalidade alemã, pelo *Abstammungsprinzip – jus sanguinis* (o direito do sangue), neste caso mais a obrigação do que um direito –, foi conduzido para a repartição de alistamento militar.

No General-Olbricht-Kaserne, Felix foi repreendido por não ter se alistado na idade obrigatória; o fato de nascer e morar no Brasil não atenuava sua responsabilidade perante a mãe pátria, segundo o *Oberstleutnant* responsável pelos alistamentos. Em casos como esse, em outros tempos seria preso, mas com o esforço militar em curso não havia tempo a perder com as regras de rotina.

Felix era saudável e passou em quase todos os testes médicos, menos o exame no oftalmoscópio Zeiss, que detectou uma miopia superior a 3 graus, que o inabilitava para o serviço militar nas operações regulares. Não havia impedimento, entretanto, de incorporação para outras ocupações, de modo que Felix foi integrado imediatamente para o treinamento inicial no quartel.

No quartel, Felix serviu como auxiliar de cozinha, depois passou a atender ao restaurante dos oficiais, que demandavam um tratamento *à la française*, e Felix comandava o *guéridon* com rodas, para fazer circular as travessas.

Em dezembro de 1941, Felix foi transferido para o Palacete Wannsee, situado numa área elegante de Berlim, vizinha a várias outras mansões. O local era um centro recreativo para os funcionários do serviço de segurança SS e suas famílias.

O proprietário da casa era o SS-Obergruppenführer Reinhard Heydrich, chefe do Escritório Central de Segurança do Reich, da polícia central e da inteligência do Estado nazista, e assim, não por acaso, o palacete seria a sede da reunião para tratar da agenda de providências da "Solução Final Judaica".

4. WANNSEE, BERLIM

Felix foi se adaptando às tarefas da mansão de Wannsee, fazendo o treinamento específico de manutenção e limpeza da casa em conjunto com os demais serventes e garçons, ciente do extremo rigor exigido no brilho da prataria – baixelas, faqueiros, cristais – e no engomar de toalhas e guardanapos para cada inspeção de rotina.

A equipe foi informada com uma semana de antecedência do encontro de 20 de janeiro, uma terça-feira, quando seriam recebidas quinze pessoas para uma reunião com intervalo para um bufê de autosserviço, e água, café e *cognac* oferecidos pelos garçons que circulavam no saguão e sala principal.

A conferência estava marcada para as 12 horas, pois Heydrich chegaria de avião de Praga, já que desde setembro de 1941 era vice-comandante da Boêmia e da Morávia, parte da Tchecoslováquia incorporada ao Reich. Devido ao mau tempo, acabou chegando com atraso, e a reunião começou logo depois, já que era o personagem principal.

Nesse meio-tempo, Felix passava com bandejas de água, café e *cognac* pelo recinto anterior à sala de reunião e, atento às conversas, já dava para compreender o que se comentava.

Adolf Eichmann parecia liderar enquanto Heydrich não chegava e, de fato, veio a ter um papel preponderante, inclusive na redação da ata da reunião.

Felix não tinha interesse específico por política ou questões militares, mas foi de certa forma influenciado por seu avô Thomas, que tinha voltado para a Alemanha entusiasmado com a nova ordem política, assim como milhões de alemães aderiram pelo sentimento de nacionalismo e o desejo de recuperação do país – não obstante o tema de isolamento racial, deportação e extermínio não estivessem ainda tão claros. Felix, no Rio Grande do Sul, convivia com todos os brasileiros, não importava se eram ou não descendentes de alemães, negros, judeus ou italianos.

A imigração judaica no Rio Grande do Sul havia começado em 1904, com a criação da Colônia de Philippson, próxima a Santa Maria, a primeira colônia judaica organizada oficialmente no país. Foram instaladas na região 27 famílias, totalizando 267 pessoas. O fracasso do regime rural, entretanto, pela inexperiência dos colonos em agricultura e pelo solo inadequado, fez com que a maioria dos imigrantes em 1920 já tivesse se transferido para o centro urbano de Porto Alegre e seus arredores, inclusive para São Leopoldo, vila natal de Felix.

A família Steinbruch, primeiros colonos de Santa Maria, passou a viver em São Leopoldo, e dois rapazes trabalhavam com Felix na Becker Metalurgia, já que o ídiche era facilmente compreendido pelos alemães. Além deles, de ascendência judaica, havia negros e netos de italianos na metalúrgica, todos em convivência harmônica.

*

Ao entrar na sala de reuniões e se deparar com o mapa detalhado da Europa com os números apresentados por Eichmann, Felix ouviu:

> *An die Stelle der Auswanderung ist nun eine andere mögliche Lösung des Problems getreten, d.h. die Evakuierung der Juden nach Osten, sofern der Führer zuvor die entsprechende Genehmigung erteilt. Diese Aktionen sind jedoch nur als vorläufig zu betrachten, es werden aber bereits praktische Erfahrungen gesammelt, die für die künftige Endlösung der Judenfrage von größter Bedeutung sind. An der Endlösung der europäischen Judenfrage werden ca. 11 Millionen Juden beteiligt sein, die sich wie folgt auf die einzelnen Länder verteilen:*

(Outra solução possível do problema agora substituiu a emigração, ou seja, a evacuação dos judeus para o leste, desde que o Führer dê a devida aprovação com antecedência. Essas ações devem, no entanto, ser consideradas apenas provisórias, mas já está sendo coletada experiência prática que é da maior importância em relação à futura Solução Final da Questão Judaica. Aproximadamente 11 milhões de judeus estarão envolvidos na Solução Final da Questão Judaica europeia, distribuídos da seguinte forma entre os países individuais:)

Ao ouvir essas frases diante do mapa, Felix tropeçou com a bandeja de *cognac*, que foi ao chão, tendo ouvido imediata censura dos presentes e uma advertência do *maître*.

Dispensado do serviço naquele dia, foi redirecionado para seu beliche, no quarto dos empregados, com a ordem de lá permanecer. No dia seguinte, avisaram-no de que estava dispensado para sempre do serviço na mansão Wannsee.

Dois meses depois, em março de 1942, ele foi lotado para serviços de cozinha no U-513, Unterseeboot, um submarino do tipo IXC de longo alcance, que embarcava em Hamburgo.

5. JOINVILLE, SANTA CATARINA

O U-513 percorreu um longo caminho, atravessando o oceano Atlântico, monitorando cargueiros do Brasil em direção à Europa e aos Estados Unidos com suprimentos indispensáveis para a guerra, como café (para manter o alerta das tropas), cacau e açúcar, energias facilmente transportáveis individualmente para os soldados.

Os submarinos alemães e italianos atacaram navios mercantes brasileiros, a partir de 1941, o que resultou em 32 navios afundados no Atlântico, no Índico e na África. Nem todos os submarinos foram bem-sucedidos, como foi o caso do U-513, afundado pela Marinha brasileira perto de São Francisco do Sul, estado de Santa Catarina. Desaparecem com o U-513 46 tripulantes, tendo apenas 7 sobrevivido – capturados, entre eles, o comandante Friedrich Guggenberger e Felix Becker.

De São Francisco do Sul, os sete sobreviventes foram transferidos à cadeia do 62º Batalhão de Infantaria de Joinville, por coincidência cidade de imigração de alemães, suíços e noruegueses. O 62º foi estabelecido em março de 1918, com o objetivo de forçar a cultura brasileira na região, justamente onde as colônias estavam bem sedimentadas. Não houve, assim, dificuldades no interrogatório.

No inquérito individual com Felix, sua origem gaúcha ficou confirmada e seu relatório do percurso de São Leopoldo, no Rio Grande do Sul, a Wannsee, Berlim, foi transmitido em português.

Diante do relato sobre o encontro dos oficiais e burocratas do regime nazista em 20 de janeiro de 1942, Felix foi transferido para o Rio de Janeiro, capital da República, mais precisamente para o Palácio Duque de Caxias, sede do Ministério da Guerra. O prédio, embora administrativo, era provido de celas secretas.

O ministro da Guerra, Eurico Gaspar Dutra, era, em princípio, contrário a métodos de tortura para a obtenção de confissões, embora não tivesse controle sobre tudo o que se passava no palácio. Felix Becker, ao contrário, estava ansioso para relatar tudo o que se passara com ele – já que tudo se fez à sua revelia.

Somente em setembro de 1942, após a declaração de guerra do Brasil à Alemanha e à Itália, o relatório de sua confissão foi passado ao ministro Dutra, que levou uma apresentação resumida ao gabinete de Getúlio Vargas no Palácio do Catete.

6. CABO HATTERAS, CAROLINA DO NORTE

O chefe de gabinete de Getúlio Vargas, entretanto, despachou o processo a Filinto Müller, chefe da Polícia do Distrito Federal, conhecido como germanista e apoiador das iniciativas do Terceiro Reich, tendo até sido objeto de um livro, *Falta alguém em Nuremberg*, que traça o perfil dos subordinados escolhidos por Müller para conduzir sua polícia política.

Ele não chegou a estar com Felix Becker, cujo relato foi considerado fantasioso. Assim, Becker foi encaminhado para um interrogatório com o capitão Riograndino Kruel, da inspetoria da Guarda Civil, onde, depois de socos e pontapés, foi liberado, não sem antes ser ameaçado de morte caso repetisse seu depoimento.

Felix saiu atordoado da polícia na praça Mauá, perambulou sem rumo definido e terminou descansando no banco da praça. De lá percebeu alguma movimentação em direção ao cais e, mais adiante, viu uma fila em frente ao cargueiro Arabutan, do Lloyd Nacional, ali atracado. Tratava-se de seleção de taifeiros e, ainda forte e com conhecimentos tanto de Marinha Mercante como de serviços de bordo, foi aceito sem grandes questionamentos, já que era uma atividade arriscada; o embarque seria naquela mesma noite e havia pressa, portanto, de preencher as vagas.

A partir do Rio de Janeiro, o Arabutan seguiu para os Estados Unidos com uma carga de algodão. Além do capitão de longo curso Aníbal Alfredo do Prado, estavam a bordo cinquenta tripulantes, incluindo Becker.

No sábado, 7 de março, a cerca de 81 milhas do cabo Hatteras, na Carolina do Norte, o navio foi alvejado na proa por um torpedo disparado pelo U-155, comandado pelo capitão-tenente Adolf Cornelius Piening. Com o impacto, a tripulação correu para os quatro escaleres a bordo. O navio afundou muito rápido, conforme os depoimentos de Felix Becker às autoridades navais americanas:

> O afundamento se processou com grande rapidez. O torpedo alcançou a proa e o navio ergueu-se por dois metros para fora da água. Ele conseguiu, entretanto, recuperar sua posição normal, mas foi apenas para começar a submergir. Recebemos imediatamente ordem para ocupar os botes salva-vidas. Quando nos afastamos um pouco, o navio já havia desaparecido.

7. WASHINGTON D.C. – LONDRES, REINO UNIDO

O Office of Strategic Services (OSS) era a agência de inteligência dos Estados Unidos durante a Segunda Guerra Mundial. O OSS foi formado como uma agência do Joint Chiefs of Staff (JCS) para coordenar as atividades de espionagem atrás das linhas inimigas para todos os ramos das Forças Armadas dos Estados Unidos. Outras funções do OSS incluíam o uso de propaganda, subversão e planejamento pós-guerra.

O cabo Hatteras estava a somente poucas horas da sede do OSS em Washington D.C., de modo que as autoridades navais americanas não tinham dúvidas em encaminhar Felix Becker para um depoimento.

O OSS estava naturalmente preparado para entrevistas em qualquer idioma. Não foi difícil obter o depoimento de Felix em uma mistura de português e alemão; concentraram-se no relato do ocorrido em Wannsee.

Uma semana depois, enquanto Felix se recuperava dos ferimentos do naufrágio, o depoimento foi finalmente conferido, em verificação cruzada com o que já estava disponível nos arquivos, e um resumo levado ao presidente Franklin Delano Roosevelt.

Roosevelt já estava em regime de telefonemas praticamente diários com Winston Churchill, primeiro-ministro inglês.

O relato sobre Wannsee foi poucos dias depois confrontado pelo Secret Intelligence Service (SIS), comumente conhecido como MI6 (Military Intelligence, Section 6), agência britânica de informações existente desde a Primeira Guerra Mundial, com confirmações positivas.

8. LOS ALAMOS, NOVO MÉXICO

O projeto Manhattan foi um programa de pesquisa e desenvolvimento liderado pelos Estados Unidos, com o apoio do Reino Unido e Canadá, para desenvolver a tecnologia do urânio capaz de levar à bomba atômica. De 1940 a 1946, o projeto esteve sob a direção do major-general Leslie Groves do Corpo de Engenheiros do Exército. O projeto começou modestamente em 1939, mas cresceu e empregou mais de 13 mil pessoas e custou o equivalente a cerca de 26 bilhões de dólares.

Embora ainda em fase experimental, diante das confirmações sobre Wannsee, Roosevelt e Churchill concluíram que, independentemente das incertezas, era o momento de fazer a primeira operação real com a bomba, muito além das tentativas no deserto de Los Alamos, entre outros, já que estava em curso a agenda da ata de Wannsee.

Em paralelo, Reinhard Heydrich é alvo de um atentado em Praga no dia 27 de setembro de 1942 por uma equipe de soldados tchecos e eslovacos treinados pelos britânicos, enviados pelo governo tcheco no exílio para o assassinar na Operação Antropoide. Heydrich morreu uma semana depois dos ferimentos sofridos. Os demais participantes da reunião de Wannsee são um a um eliminados até dezembro de 1942, à exceção de Adolf Eichmann, que ficou desaparecido até ser capturado em 11 de maio de 1960 na Argentina pelo Instituto para Informações e Operações Especiais, conhecido como Mossad ("Instituto"), serviço secreto do Estado de Israel.

9. OBERSALZBERG, ALEMANHA

Führerhauptquartiere é o nome comum para uma série de sedes oficiais usadas por Adolf Hitler e vários comandantes e equipes alemães em toda a Europa durante a guerra.

Além do *Führerbunker* em Berlim, na Alemanha, o *Wolfsschanze* (Toca do Lobo), na Prússia Oriental, era muito usado assim como a casa particular de Hitler, o *Berghof*, no Obersalzberg perto de Berchtesgaden.

O MI6 tinha um sistema de acompanhamento da localização de Adolf Hitler, através de um colaborador alemão, jamais identificado na literatura pós-guerra, e sempre sabia com precisão a localização exata do Führer.

Roosevelt e Churchill tinham noção dos efeitos previstos pela bomba atômica, uma vez que foram submetidos ao *briefing* do próprio Julius Robert Oppenheimer, cujos estudos se intensificaram após o ataque japonês a Pearl Harbour em dezembro de 1941. A estimativa de perdas de até 300 mil vidas no raio mais próximo da ação da bomba ainda era pequeno diante da ameaça de 11 milhões de vítimas descritas em Wannsee.

Três aviões, cada um carregado de uma bomba atômica, saíram em dias alternados do Novo México com escalas em Porto Rico até chegarem a Natal, no Rio Grande do Norte. Dali seguiram para Dacar, na África, e depois para Lisboa, com carregamentos indicados como suprimentos médicos.

O Comando de Bombardeiros da RAF – Royal Air Force, sob a liderança do Air Chief Marshal Harris, já tinha experiência a partir de bases da Inglaterra com o uso de novas tecnologias, e um maior número de aeronaves superiores passou a estar disponível. A RAF adotou o bombardeio noturno em cidades alemãs como Hamburgo e Dresden, principalmente devido a Harris, mas também desenvolveu técnicas de bombardeio de precisão para operações específicas.

Um total de 363.514 operações foram realizadas, lançando 1.030.500 toneladas de bombas, com 8.325 aeronaves perdidas em combate. De um total de 120 mil tripulantes, 55.573 faleceram em combate, 8.403 ficaram feridos e 9.838 foram feitos prisioneiros de guerra.

Os três Avro Lancaster bombardeiros saíram da Inglaterra para um aeroporto não identificado no norte de Portugal, onde carregaram a munição com destino a Obersalzberg.

*

O primeiro Avro Lancaster foi abatido, sem sobreviventes, e a bomba não explodiu. O segundo, entretanto, foi bem-sucedido e atingiu Obersalzberg. Num raio de 50 quilômetros não houve sobreviventes, tendo Berghof desaparecido do mapa, não havendo restos mortais do Führer nem de sua comitiva (assessores e segurança). O terceiro Avro voltou para a base com a munição.

As comunicações ficaram interditadas e somente dois dias depois foi possível que Joseph Goebbels e Rudolf Hess chegassem a alguns quilômetros, mas o efeito da radiação impediu sua ida a Berghof.

Joachim von Ribbentrop foi encarregado de enviar comunicado de rendição incondicional a Winston Churchill.

10. RIO GRANDE DO SUL, NUREMBERG E JERUSALÉM

Em São Leopoldo, Felix Becker recebeu em seu escritório da oficina metalúrgica, no início da noite de quarta-feira, dia 10 de fevereiro de 1943, a edição da *Gazeta de Novo Hamburgo*, onde se anunciava o final da Segunda Guerra Mundial.

As revelações de Felix Becker passaram a ser ignoradas na história, até 1962, embora as previsões da ata de 20 de janeiro de 1942 de Wannsee tenham se limitado a uma proporção mínima da catástrofe prevista.

*

Ainda antes da rendição da Alemanha, em maio de 1945, o presidente Harry S. Truman nomeou um juiz da Suprema Corte para representar os Estados Unidos nos julgamentos propostos para as potências do Eixo europeu, que resultou no Tribunal Militar Internacional (IMT), mais conhecido como Tribunal de Nuremberg.

Entre novembro de 1945 e outubro de 1946, o tribunal julgou 24 dos mais importantes líderes militares e políticos do Terceiro Reich. No decurso das atividades, houve longa exposição sobre o Partido Nazista e o planejamento da guerra. Alguns dos momentos memoráveis do julgamento foram as exibições dos filmes *Nazi concentration and prison camps* e *The Nazi plan*, a descrição detalhada da Solução Final, os assassinatos de prisioneiros de guerra, atrocidades em campos de extermínio e incontáveis atos cruéis para processar judeus, tal como constava da ata da reunião de Wannsee nos arredores de Berlim em 20 de janeiro de 1942.

O objetivo do julgamento não era apenas condenar os réus, mas também reunir provas irrefutáveis dos crimes nazistas, oferecer uma aula de história aos alemães derrotados e deslegitimar a tradicional elite alemã.

O veredicto do IMT seguiu a acusação ao declarar o crime de tramar e travar uma guerra "um crime internacional supremo" porque "contém dentro de si o mal acumulado do todo". A maioria dos réus também foi acusada de crimes de guerra e crimes contra a humanidade, e o assassinato sistemático de milhões de judeus no Holocausto foi significativo para o julgamento.

Entre os julgados não estava o coordenador e relator da reunião de Wannsee, Adolf Eichmann. Ele escapou das forças aliadas que o capturaram após a Segunda Guerra Mundial, desapareceu e foi considerado morto por alguns – mas o primeiro primeiro-ministro de Israel, David Ben-Gurion, jurou que Eichmann seria responsabilizado por seus crimes, tais como muitos foram julgados em Nuremberg.

*

Adolf Eichmann foi capturado e estava sob a custódia dos Estados Unidos quando conseguiu fugir em 1946. Aparentemente com a ajuda de autoridades da Igreja católica, fugiu para a Argentina e lá viveu anos com o pseudônimo de Ricardo Klement.

Em 1960, agentes do Mossad foram a Buenos Aires em missão secreta e o sequestraram e levaram a Israel para ser julgado por seus crimes.

Em 1961 foram abertos parcialmente os arquivos do Office of Strategic Services (OSS) para jornalistas investigativos. Um relatório com o depoimento de Felix Becker foi descoberto, onde era mencionado seu serviço como garçom na mansão de Wannsee e a referência a Eichmann como coordenador do colóquio.

Instruído pelo State Department, o cônsul-geral dos Estados Unidos em Porto Alegre fez uma rápida viagem a São Leopoldo, onde não foi difícil localizar Felix na Becker Metalurgia. Tendo ouvido seu depoimento, no dia seguinte dois Marines da Embaixada americana da rua São Clemente, no Rio de Janeiro, o esperaram no Aeroporto do Galeão, vindo de Porto Alegre pela Varig, para em seguida acompanhá-lo no voo Rio-Paris, com seguimento para Tel Aviv pela El Al.

A confrontação Becker-Eichmann foi decisiva para a condenação do julgado, e no dia 15 de dezembro de 1961 Eichmann foi considerado culpado e condenado à morte. Ele foi enforcado à meia-noite de 31 de maio de 1962, suas cinzas espalhadas pelo mar.

ANEXO

Ata da Conferência de Wannsee, em Berlim*
20 de janeiro de 1942

Assunto secreto do Reich!

30 cópias
16ª cópia

<u>Protocolo da reunião</u>

I. As seguintes pessoas participaram da reunião sobre a Solução Final para a Questão Judaica, realizada em 20 de janeiro de 1942 em Am Grossen Wannsee, n. 56-58, Berlim:

---

* Embora o documento tenha sido traduzido ao longo dos anos para diversos idiomas, esta é a primeira tradução integral para o português da ata da Conferência de Wannsee, originalmente redigida em alemão por Adolf Eichmann. Tradução de: Alessandra Bonrruquer.

Gauleiter dr. Meyer e chefe de Departamento do Reich dr. Leibbrandt	Ministério do Reich para os Territórios Ocupados do Leste
Secretário de Estado dr. Stuckart	Ministério do Interior do Reich
Secretário de Estado Neumann	Gabinete do Plenipotenciário para o Plano de Quatro Anos
Secretário de Estado dr. Freisler	Ministério da Justiça do Reich
Secretário de Estado dr. Bühler	Gabinete do Governador-Geral
Subsecretário de Estado Luther	Ministério das Relações Exteriores
SS-Oberführer Klopfer	Chancelaria do Partido
Diretor ministerial Kritzinger	Chancelaria do Reich
SS-Gruppenführer Hofmann	Gabinete Principal de Raça e Colonização
SS-Gruppenführer Müller	Gabinete Principal de Segurança do Reich
SS-Obersturmbannführer Eichmann	
SS-Oberführer dr. Schöngarth	Polícia de Segurança e Serviço de Segurança da SS (SD)
Comandante da Polícia de Segurança e do Serviço de Segurança da SS (SD) no Governo-Geral	
SS-Sturmbannführer dr. Lange	
Comandante da Polícia de Segurança e do Serviço de Segurança da SS (SD) para o Distrito Geral da Letônia, representando o comandante da Polícia de Segurança e do Serviço de Segurança da SS (SD) para o Comissariado do Reich Ostland	

II. O SS-Obergruppenführer Heydrich, comandante da Polícia de Segurança e do SD, iniciou a reunião com o anúncio de que o Reichsmarschall o encarregara dos preparativos da Solução Final para a Questão Judaica. Ele comentou que esta conferência foi organizada para esclarecer questões fundamentais.

A solicitação do Reichsmarschall de receber um esboço dos aspectos organizacionais, técnicos e materiais da solução final para a questão judaica requer que todas as agências centrais diretamente envolvidas em tais questões tratem delas antecipadamente e em conjunto, a fim de alinhar suas atividades.

A autoridade de dirigir a solução final para a questão judaica pertence ao Reichsführer-SS e comandante da polícia alemã (Gabinete do Comandante da Polícia de Segurança e do SD), independentemente de fronteiras geográficas.

O comandante da Polícia de Segurança e do SD fez então uma breve revisão da luta conduzida até agora contra esse inimigo. Os elementos mais importantes são:

a) expulsar os judeus de todas as esferas da vida (*Lebensgebiete*) dos alemães;
b) expulsar os judeus do espaço vital (*Lebensraum*) do povo alemão.

Para conseguir esses objetivos, foi iniciado um esforço intensificado e planejado a fim de acelerar a emigração dos judeus do Reich, como única solução provisória disponível.

Por ordem do Reichsmarschall, um Gabinete Central de Emigração Judaica do Reich foi criado em janeiro de 1939; sua direção foi confiada ao comandante da Polícia de Segurança e do SD. Suas tarefas particulares eram

a) tomar todas as medidas necessárias para <u>preparar</u> a emigração intensificada de judeus;
b) <u>dirigir</u> o fluxo de emigração;
c) acelerar a emigração em <u>casos individuais</u>.

O objetivo dessas tarefas era limpar o espaço vital alemão de judeus, por quaisquer meios legais.

As desvantagens de tais métodos de emigração forçada ficaram evidentes para todas as agências envolvidas. Todavia, na ausência de outras soluções exequíveis, elas precisaram se adaptar a tais métodos.

No período que se seguiu, lidar com a emigração não foi um problema somente alemão, envolvendo também as autoridades relevantes nos países de destinação ou imigração. Dificuldades financeiras como a elevação das taxas de desembarque e dos recursos financeiros que os emigrantes precisavam possuir ao desembarcar, ordenados pelos governos de vários países estrangeiros, a falta de espaço nos navios e as restrições e proibições cada vez mais severas à imigração prejudicaram extraordinariamente os esforços de emigração. A despeito dessas dificuldades, um total de 537 mil judeus foram induzidos a emigrar entre a ascensão (nazista) ao poder e a data final de 31 de outubro de 1941. Desses,

a partir de 30 de janeiro de 1933 de Altreich (Alemanha antes de 1938) aprox. 360 mil;

a partir de 15 de março de 1938 de Ostmark (Áustria) aprox. 147 mil;

a partir de 15 de março de 1939 do Protetorado da Boêmia e da Morávia aprox. 30 mil.

A emigração foi financiada pelos próprios judeus ou por organizações políticas judaicas. A fim de assegurar que os judeus proletários não ficassem para trás, determinou-se que os judeus abastados financiariam a emigração dos judeus sem meios; para esse fim, impôs-se uma contribuição ou imposto de emigração, com base na riqueza individual, e os fundos foram usados para cobrir as obrigações financeiras criadas pela emigração de judeus destituídos.

Além dessa arrecadação em reichsmarks, moeda estrangeira se fazia necessária, tanto como evidência de recursos financeiros a ser apresentada na chegada ao exterior quanto para pagar as taxas de desembarque. A fim de conservar as reservas alemãs de moeda estrangeira, instituições financeiras judaicas no exterior foram contatadas pelas organizações judaicas desse país e solicitadas a fornecer as somas requeridas em moeda estrangeira. Em 30 de outubro de 1941, um total de 9,5 milhões de dólares havia sido enviado dessa maneira pelos judeus estrangeiros como doações.

Entrementes, o Reichsführer-SS e comandante da polícia alemã proibiu qualquer emigração adicional de judeus, em vista dos perigos apresentados pela emigração em tempos de guerra e das possibilidades do leste.

III. Com prévia e apropriada autorização do Führer, a emigração foi substituída pela evacuação dos judeus para o leste como outra possível solução.

Mas essas operações devem ser vistas somente como opções provisórias, embora já forneçam experiência prática de vital importância, dada a aproximação da Solução Final para a Questão Judaica.

No curso da Solução Final para a Questão Judaica, aproximadamente 11 milhões de judeus serão levados em consideração. Eles estão distribuídos pelos países individuais da seguinte maneira:

País		Número
A.	Altreich (Alemanha antes de 1938)	131.800
	Ostmark (Áustria)	43.700
	Territórios do leste	420.000
	Governo-Geral	2.284.000
	Białystok	400.000
	Protetorado da Boêmia e da Morávia	74.200
	Estônia	Livre de judeus
	Letônia	3.500
	Lituânia	34.000
	Bélgica	43.000
	Dinamarca	5.600
	França: Território ocupado	165.000
	Território não ocupado	700.000
	Grécia	69.600
	Países Baixos	160.800
	Noruega	1.300
B.	Bulgária	48.000
	Inglaterra	330.000
	Finlândia	2.300
	Irlanda	4.000

Itália, incluindo a Sardenha	58.000
Albânia	200.000
Croácia	40.000
Portugal	3.000
Romênia, incluindo a Bessarábia	342.000
Suécia	8.000
Suíça	18.000
Sérvia	10.000
Eslováquia	88.000
Espanha	6.000
Turquia (porção europeia)	55.500
Hungria	742.800
URSS	5.000.000
Ucrânia	2.994.684
Bielorrússia, sem Białystok	446.484
Total:	Mais de 11.000.000

Os números listados aqui para os judeus de diferentes países, no entanto, referem-se somente aos que professam a fé judaica (*Glaubensjuden*), pois as definições de *judeu* ao longo das linhas raciais ainda são deficientes, em certa extensão. Dadas as atitudes e opiniões prevalentes, a solução do problema nos países individuais enfrentará certa dificuldade, particularmente na Hungria e na Romênia. Por exemplo, mesmo hoje, os judeus da Romênia podem obter, em troca de dinheiro, documentos apropriados que certificam oficialmente sua nacionalidade estrangeira.

A influência que os judeus exercem na URSS é bem conhecida. Aproximadamente 5 milhões de judeus vivem na porção europeia da Rússia, e somente um quarto de milhão na porção asiática.

A distribuição por ocupação dos judeus vivendo na porção europeia da URSS é aproximadamente a que se segue:

Agricultura	9,1%
Trabalhadores urbanos	14,8%
Comércio	20,0%
Funcionários públicos	23,4%
Ocupação privada, medicina, imprensa, teatro etc.	32,7%

No curso da Solução Final, e sob a devida supervisão, os judeus devem ser empregados no leste, da maneira apropriada. Em grandes colunas de trabalho, separados por gênero, os judeus capazes de trabalhar serão despachados para essas regiões a fim de construir estradas. No processo, uma grande parcela indubitavelmente perecerá através da redução natural.

Aqueles que conseguirem sobreviver terão de receber tratamento adequado por inquestionavelmente representar a parte mais resistente e, por consequência, constituir uma seleção natural que, se liberada, pode se tornar a célula germinativa da renovada sobrevivência judaica. (Assim diz a experiência histórica.)

Durante a implementação prática da Solução Final, a Europa será varrida do oeste para o leste. A prioridade será dada ao território do Reich, incluindo o Protetorado da Boêmia e da Morávia, mesmo que somente por causa da questão habitacional e de outras necessidades sociopolíticas.

Os judeus evacuados serão inicialmente levados, grupo a grupo, para os chamados guetos de passagem, de onde serão transportados para o Leste.

Como o SS-Obergruppenführer Heydrich observou, um importante pré-requisito para realizar a evacuação é uma definição precisa das pessoas em consideração.

A intenção é não evacuar judeus com mais de 65 anos, mas sim transferi-los para um gueto de idosos – *Theresienstadt* foi escolhido para esse propósito.

Além desses grupos etários – dos 280 mil judeus vivendo em Altreich e Ostmark em 31 de outubro de 1941, cerca de 30% têm mais de 65 anos –, o gueto de idosos continuará a receber judeus severamente incapacitados pela guerra e judeus com condecorações de guerra (Cruz de Ferro de Primeira Classe). Essa solução conveniente eliminará muitas intervenções de um único golpe.

O início das operações de evacuação mais amplas dependerá, em grande extensão, de desenvolvimentos militares. Com relação à maneira como a Solução Final será implementada nos territórios europeus que agora ocupamos ou influenciamos, foi sugerido que especialistas pertinentes do Ministério das Relações Exteriores conversem com o oficial responsável da Polícia de Segurança e SD.

Na Eslováquia e na Croácia, a situação não é tão difícil, uma vez que a maioria das questões essenciais já foi resolvida. Entrementes, o governo romeno também nomeou um comissário para assuntos judaicos. A fim de solucionar a questão na Hungria, no futuro próximo será necessário impor ao governo húngaro um conselheiro para questões judaicas.

Com relação ao início dos preparativos para a resolução desse problema na Itália, o SS-Obergruppenführer Heydrich considera apropriado estabelecer contato com o comandante de polícia para tratar dessas questões.

Na França ocupada e não ocupada, o registro de judeus para evacuação provavelmente será realizado sem grandes dificuldades.

Em relação a isso, o subsecretário de Estado Luther observou que o tratamento detalhado desse problema causará dificuldades em alguns países, notadamente os nórdicos, e que, portanto, é aconselhável adiar a ação em tais locais por enquanto. Dado o número insignificante de judeus envolvidos, tal adiamento não representará, de qualquer maneira, uma redução substancial.

Em contraste, o Ministério das Relações Exteriores não prevê grandes dificuldades no sudeste e no oeste da Europa.

O SS-Gruppenführer Hofmann pretende enviar um especialista do Gabinete Principal de Raça e Colonização à Hungria, para orientações gerais, quando o comandante da Polícia de Segurança e do SD começar a lidar com a questão por lá. Decidiu-se que esse especialista do Gabinete Principal de Raça e Colonização – que não se envolverá ativamente – será oficialmente chamado de assistente temporário do Adido Policial.

IV. Para a implementação da Solução Final, as Leis de Nuremberg devem formar a base, em certa extensão, embora a solução das questões relacionadas aos casamentos mistos e aos *Mischlinge* também seja um pré-requisito para eliminar completamente o problema.

Com referência à carta do chefe da Chancelaria do Reich, o comandante da Polícia de Segurança e do SD discutiu – por enquanto apenas teoricamente – as seguintes questões:

1) Tratamento dos *Mischlinge* de primeiro grau (pessoas com pais e avós judeus/não judeus)

Os *Mischlinge* de primeiro grau serão tratados como judeus com relação à Solução Final para a Questão Judaica.

Os seguintes serão isentos desse tratamento:

a) Os *Mischlinge* de primeiro grau casados com pessoas de sangue alemão puro, se o casamento tiver resultado em filhos (*Mischlinge* de segundo grau). Esses *Mischlinge* de segundo grau serão tratados essencialmente como alemães.
b) Os *Mischlinge* de primeiro grau que até agora receberam isenções em algumas esferas, concedidas pelas mais altas autoridades do Partido

e do Estado. Todo caso individual deve ser revisado, então não se pode descartar a possibilidade de uma nova decisão ser desvantajosa para o *Mischling*.

O pré-requisito para a concessão de qualquer isenção deve ser sempre o mérito fundamental do próprio *Mischling* em questão. (Os méritos do pai ou cônjuge de sangue alemão não contam.) Qualquer *Mischling* de primeiro grau que receba isenção da evacuação será esterilizado a fim de evitar qualquer progênie e solucionar definitivamente o problema dos *Mischlinge*. O *Mischling* esterilizado passará a ser isento de todas as provisões restritivas a que estava previamente sujeito.

2) Tratamento dos *Mischlinge* de segundo grau

Os *Mischlinge* de segundo grau serão tratados, em princípio, como pessoas de sangue alemão, com exceção dos seguintes casos, nos quais os *Mischlinge* de segundo grau serão tratados como judeus:

a) O *Mischling* de segundo grau é descendente de um casamento bastardo (ambos os cônjuges são *Mischlinge*).
b) A aparência racial do *Mischling* de segundo grau é particularmente desfavorável, caso em que será incluído entre os judeus, com base em sua aparência externa.
c) Uma avaliação policial e política particularmente negativa do *Mischling* de segundo grau, indicando que se sente e se comporta como judeu.

Mesmo em tais casos, nenhuma exceção deve ser feita para *Mischlinge* de segundo grau casados com pessoas de sangue alemão.

3) Casamentos entre judeus e pessoas de sangue alemão

Aqui, deve-se decidir caso a caso se o cônjuge judeu deve ser evacuado ou, levando-se em consideração o efeito de tal medida nos familiares alemães desses casamentos mistos, ser transferido para um gueto de idosos.

4) Casamentos entre *Mischlinge* de primeiro grau e pessoas de sangue alemão

a) Sem filhos

Se o casamento não produziu filhos, o *Mischling* de primeiro grau será evacuado ou transferido para um gueto de idosos. (O mesmo tratamento dado aos casamentos entre judeus e pessoas de sangue alemão; item 3.)

b) Com filhos

Se os filhos resultaram do casamento (*Mischlinge* de segundo grau) e forem tratados como judeus, serão evacuados ou enviados para um gueto, juntamente com o *Mischling* de primeiro grau. Se forem tratados como alemães (o caso padrão), estarão isentos da evacuação, assim como, consequentemente, o *Mischling* de primeiro grau.

5) Casamentos de *Mischlinge* de primeiro grau entre si ou com judeus

Nesses casamentos, todas as partes (incluindo os filhos) serão tratadas como judeus e, portanto, evacuadas ou transferidas para um gueto de idosos.

6) Casamentos entre *Mischlinge* de primeiro grau e *Mischlinge* de segundo grau

Ambos os cônjuges serão evacuados ou transferidos para um gueto de idosos, independentemente de terem ou não filhos, porque, como regra, quaisquer descendentes de tais matrimônios terão, racialmente falando, sangue judeu mais forte que o dos *Mischlinge* de segundo grau.

O SS-Gruppenführer Hofmann acredita que se deve fazer uso extensivo da esterilização, particularmente porque, quando enfrentar a escolha entre evacuação e esterilização, o *Mischling* preferirá a esterilização.

O secretário de Estado dr. Stuckart comentou que, nesse formato, a implementação prática das possíveis soluções relacionadas aos casamentos mistos e aos *Mischlinge* constituiria infinito trabalho administrativo. A fim de levar em conta também os aspectos biológicos, o secretário de Estado dr. Stuckart sugeriu que se adote a esterilização forçada.

Para simplificar o problema dos casamentos mistos, outras possibilidades devem ser consideradas, com o objetivo, por exemplo, de o legislador poder simplesmente sentenciar: "Esses casamentos são, por este meio, dissolvidos."

Com relação à questão de como a evacuação dos judeus afetará a economia, o secretário de Estado Neumann declarou que os judeus atualmente trabalhando em indústrias essenciais para o esforço de guerra não podem ser evacuados enquanto não houver substitutos para eles.

O SS-Obergruppenführer Heydrich respondeu que, com base nas orientações aprovadas por ele para a implementação da evacuação em curso, esses judeus não seriam evacuados, de qualquer modo.

O secretário de Estado dr. Bühler declarou que o Governo-Geral gostaria muito que a Solução Final dessa questão começasse pelo Governo-Geral, porque o problema de transporte não seria de extrema importância nesse caso e as questões relacionadas à mobilização de mão de obra não impediriam a continuação da operação. Os judeus devem ser removidos do território do Governo-Geral o mais rapidamente possível, porque constituem um perigo iminente, como hospedeiros de uma epidemia, e atrapalham constantemente a estrutura econômica da região através de seu continuado comércio ilícito. Além disso, a maioria dos cerca de 2,4 milhões de judeus em questão é inapropriada para o trabalho.

O secretário de Estado dr. Bühler afirmou, além disso, que o comandante da Polícia de Segurança e do SD está encarregado da solução da questão judaica no Governo-Geral, e as autoridades administrativas do Governo-Geral o auxiliarão nesse trabalho. Ele só tem um favor a pedir: que a questão judaica em seu território seja solucionada o mais rapidamente possível.

Como conclusão, os vários tipos de possíveis soluções foram discutidos. Aqui, o *Gauleiter* dr. Meyer e o secretário de Estado dr. Bühler assumiram a posição de que, em conexão com a Solução Final, certas medidas preparatórias devem ser iniciadas nos territórios ocupados imediatamente, mas de maneira tal que a população não fique apreensiva.

A reunião foi encerrada com a solicitação do comandante da Polícia de Segurança e do SD para que todos os participantes das deliberações de hoje lhe deem o apoio necessário na implementação das tarefas conectadas à solução.

POSFÁCIO

Caro leitor,

Para quem chegou até aqui, acho indispensáveis alguns complementos ao meu depoimento.

Em primeiro lugar, agradeço ao escritor Paulo Valente a paciência de ter me escutado e feito a transcrição de meu relato em forma de aventura romanceada; de outra forma, seria pouco crível.

Mas posso desde já assegurar que tudo é verídico; no estilo factual, objetivo e jornalístico, ficaram de fora as angústias, porque não dizer o grande medo, já que foi um período de guerra. Só quem viveu na época é capaz de entender.

O temor começou quando tive de fazer a primeira viagem para encontrar meu avô Thomas, sair do

Brasil rumo ao desconhecido e ainda mais para enfrentar a doença de meu avô, sabendo que encontraria a Alemanha em guerra; após a longa travessia do Atlântico, cruzei o continente de carona em carona, com a expectativa de reencontrá-lo e ajudar na sua recuperação, mas em vez disso recebi o choque de saber que ele não tinha resistido e não pude encontrar consolo com pai, mãe ou irmão distantes.

Foi humilhante e assustador ser preso num país estranho, embora considerada minha terra natal pelos alemães, e conduzido à prisão na delegacia, entendido como desertor.

O treinamento no quartel foi violento, como se espera da pior versão do espírito militar da época, autoritário e, até mesmo, cruel.

Quando se verificou que eu não estava apto pela miopia avançada ao combate no front, fui depreciado pelos colegas e superiores, rebaixado para assistente de cozinha.

A transferência à mansão de Wannsee foi primeiro um alívio, sair do quartel e servir num palácio parecia quase uma promoção, até o dia da reunião dos oficiais e das autoridades civis, quando consegui entender as atrocidades que estavam sendo planejadas. A maioria das pessoas tem o engano de pensar que um garçom não acompanha nada, e apesar de estar sob compromisso de sigilo militar foi difícil acreditar no que ouvi, daí meu quase desmaio e deixar cair copos e garrafas, nenhum dos presentes tinha compreensão ou condescendência com um subalterno.

Ter sido lotado em um submarino foi praticamente viver em um inferno sem treinamento do que é ficar submerso a maior parte do tempo, com ar rarefeito em espaço apertado e sempre com a expectativa de poder entrar em batalha e ser morto por torpedos, afogado ou afundado.

O afundamento e a captura do U-513, tendo assistido à morte por ferimentos e sufocamento de meus companheiros, foi muito chocante, o que só foi minorado com meu resgate, embora eu não soubesse se seríamos depois simplesmente assassinados. Ser finalmente reconhecido como brasileiro, com desconfiança, e seguir preso no meu próprio Brasil foi assustador.

Vou pular algumas etapas, já que o Paulo Valente já fez o relato, como eu disse, fiel aos acontecimentos.

O que não foi descrito é que, depois de meu depoimento em Jerusalém, no julgamento de Adolf Eichmann, a imprensa mundial, brasileira e, sobretudo, do Rio Grande do Sul me transformou praticamente em herói; chegando a Brasília em junho de 1962 fui recebido no Planalto pelo presidente João Goulart e desci a rampa do Palácio para uma desfile em carro aberto do corpo de bombeiros, sendo saudado pela população.

No Rio de Janeiro, o governador Celso Peçanha estava à porta do Palácio Guanabara para me cumprimentar, e novamente desfilei pela cidade sob aplausos; em dois dias estava em Porto Alegre no Palácio Piratini, recepcionado pelo governador Leonel Brizola. Brizola era do PTB e percebendo minha súbita popularidade e com as eleições à vista em outubro, com sua sagacidade, ciente de que poderia perder uma reeleição para o candidato do PSD, praticamente me convocou a ser candidato ao governo do estado, de modo que fui eleito em outubro de 1962.

Meu mandato se iniciou em março de 1963, e consegui ajudar meu mentor Brizola no processo de resistência que culminaria no golpe militar e na queda de Jango em 1° de abril de 1964. Fui, a partir daí, cassado e retornei à minha São Leopoldo, de onde, sinceramente, nunca esperava ter saído, não fosse a doença de meu avô Thomas.

Retomei a vida comercial na Metalúrgica Becker, que tinha continuado a prosperar e, finalmente, me casei aos 45 anos, ainda em tempo de constituir família. Agora tenho vários netos.

Hoje, em 1989, sou raramente procurado, mas quem vem à minha casa é sempre bem recebido com um chimarrão e longas histórias à beira da lareira. Mostro recortes de jornal, algumas fotografias de época e, emolduradas na parede, medalhas e condecorações que não me fazem esquecer minha saga.

São Leopoldo/RS, 10 de novembro de 1989

Felix Becker

CRONOLOGIA

1904

A imigração judaica no Rio Grande do Sul tem início com a criação da Colônia de Philippson, próxima a Santa Maria.

1920

JULHO — O *Koseritz' Deutscher Volkskalender für Brasilien,* almanaque da colônia alemã no Rio Grande do Sul, publica a notícia do nascimento de Felix Becker em 15 de junho.

1939

1º DE SETEMBRO — Início da Segunda Guerra Mundial, com a invasão alemã da Polônia.
2 DE SETEMBRO — O Brasil se declara neutro em relação ao conflito na Europa.

1940

12 DE MARÇO — O major nazista Hans Wald, que chegara secretamente ao Rio de Janeiro a bordo do submarino

U-103, se encontra com o diretor-geral da Telefunken, Franz-Walter Kigell, na cidade de Niterói.

JULHO — Depois de se casarem, Amália Ricci e Antônio do Couto Pereira se mudam para um apartamento da praia do Flamengo em que havia sido instalado, num cômodo escondido, um radiotransmissor de ondas curtas com ligação direta com a Alemanha.

11 DE OUTUBRO — A Inglaterra apreende o navio mercante brasileiro Siqueira Campos, no porto de Gibraltar, alegando que a embarcação estaria transportando mercadorias alemãs sem autorização.

27 DE NOVEMBRO — A Marinha inglesa apreende 38 caixas e 32 fardos do navio mercante brasileiro Buarque, com o pretexto de se tratar de contrabando de guerra.

1º DE DEZEMBRO — O navio mercante brasileiro Itapé é interceptado por um navio de guerra inglês, e 22 passageiros de nacionalidade alemã são retirados de bordo.

1941

20 DE JANEIRO — A Força Aérea Brasileira é criada por meio da unificação, sob comando único, do novo Ministério da Aeronáutica e das aviações da Marinha e do Exército.

22 DE MARÇO — O navio mercante brasileiro Taubaté é atacado por um avião alemão no Mediterrâneo, ferindo treze pessoas e causando a primeira vítima fatal do Brasil na guerra, o conferente da embarcação, José Francisco Fraga.

20 DE ABRIL — O avô de Felix Becker escreve informando que está internado com pneumonia no St. Elisabeth-Krankenhaus de Leipzig e desamparado, e pede ajuda com urgência.
13 DE JUNHO — O navio mercante brasileiro Siqueira Campos é interceptado por um submarino alemão, que efetua vistoria a bordo e fotografa os documentos de bordo.
20 DE SETEMBRO — O húngaro Janos Salamon desembarca no porto do Recife, alegadamente para fomentar o comércio entre Brasil e Hungria, mas visando na verdade atuar como espião nazista.
29 DE NOVEMBRO — Reinhard Heydrich, SS-Obergruppenführer, chefe do Escritório Central de Segurança, convoca uma conferência ministerial para 9 de dezembro em Am Kleinen Wannsee.
5 DE DEZEMBRO — O Exército Vermelho inicia uma contraofensiva perto de Moscou, acabando com a perspectiva de uma rápida conquista da União Soviética.
7 DE DEZEMBRO — Ataque-surpresa do Japão à base naval de Pearl Harbour, causando um total de 2.042 mortes e 1.282 feridos, além da perda de numerosas embarcações e aeronaves.
8 DE DEZEMBRO — Os Estados Unidos declaram guerra ao Japão.
10 DE DEZEMBRO — Aviões Catalina do Esquadrão VP-52 e os destróieres americanos USS Greene e USS Thrush

começam a patrulhar as águas do Atlântico Sul, a partir do porto de Natal, dando início assim às operações militares em águas territoriais brasileiras.

10 DE DEZEMBRO — Felix Becker é transferido para o palacete Wannsee.

11 DE DEZEMBRO — A Alemanha declara guerra aos Estados Unidos.

12 DE DEZEMBRO DE 1941 — Na reunião da chancelaria do Reich, Adolf Hitler se reúne com as principais autoridades do partido para discutir a "questão judaica".

18 DE DEZEMBRO — Adolf Hitler trata do destino dos judeus com Heinrich Himmler na *Wolfsschanze* (Toca do Lobo).

1942

14 DE JANEIRO — Tem início a Terceira Reunião de Consulta dos Chanceleres das Repúblicas Americanas, no Rio de Janeiro, que visa apresentar uma resolução unânime de rompimento com as potências do Eixo (Alemanha, Itália e Japão).

20 DE JANEIRO — Realiza-se a Conferência de Wannsee, em Berlim.

28 DE JANEIRO — O Brasil rompe formalmente as relações diplomáticas com as potências do Eixo.

14 DE FEVEREIRO — Marco Modiano, segundo-oficial do navio Cabedelo, do Lloyd Brasileiro, comandado por Pedro Veloso de Oliveira, parte do porto da Filadélfia, com uma carga de carvão destinada ao Rio de Janeiro.

16 DE FEVEREIRO — O navio mercante brasileiro Buarque é torpedeado pelo submarino alemão U-432, indo a pique ao largo da costa da cidade americana de Norfolk.
18 DE FEVEREIRO — O navio mercante brasileiro Olinda é afundado, a tiros de canhão, pelo submarino alemão U-432, ao largo da costa do estado americano da Virgínia.
25 DE FEVEREIRO — O vapor Cabedelo desaparece no Atlântico Norte, com 54 tripulantes a bordo, na chamada Zona de Segurança Pan-Americana, possivelmente afundado pelo submarino italiano Da Vinci.
5 DE MARÇO — Felix Becker é transferido para os serviços de cozinha no U-513, Unterseeboot, submarino do tipo IXC de longo alcance.
7 DE MARÇO — O navio mercante brasileiro Arabutan é torpedeado pelo submarino alemão U-115, indo a pique ao largo da costa do estado americano da Carolina do Norte.
8 DE MARÇO — O navio brasileiro de carga e de passageiros Cayrú é torpedeado e afundado pelo submarino alemão U-94, a cerca de 130 milhas a sudeste de Nova York. Cinquenta e três pessoas são mortas.
11 DE MARÇO — O presidente Getúlio Vargas decreta o confisco dos bens dos imigrantes alemães e italianos no país.
15 DE ABRIL — Um destacamento do Exército brasileiro é instalado na ilha de Fernando de Noronha.
20 DE ABRIL — São descobertas no Rio de Janeiro centrais radiofônicas de espionagem que repassavam aos nazistas as

informações referentes à movimentação dos navios mercantes brasileiros.

28 DE ABRIL — Getúlio Vargas sofre uma tentativa de atentado perpetrada por Karl Fischer, ao provocar um acidente com o Cadillac do presidente na praia do Flamengo.

1º DE MAIO — O navio mercante brasileiro Parnahyba é torpedeado e afundado pelo submarino alemão U-162, ao largo das ilhas caribenhas de Trinidad e Tobago.

18 DE MAIO — Ocorre o primeiro ataque a um navio em águas territoriais brasileiras, quando o submarino italiano Barbarigo torpedeia e canhoneia o navio mercante brasileiro Comandante Lyra, que se incendeia, mas não vai a pique, sendo posteriormente rebocado até o porto de Fortaleza.

22 DE MAIO — Um avião B-25 Mitchell da Força Aérea Brasileira surpreende um submarino na superfície, nas proximidades do local de ataque ao Comandante Lyra, e é atacado por ele, justificando dessa forma uma resposta armada por parte do B-25, que lança cargas de profundidade em direção ao submarino sem, no entanto, danificá-lo. Esse contra-ataque, comandando pelos capitães Parreiras Horta e Oswaldo Pamplona, representa a primeira ação de guerra brasileira quando o país ainda se encontra em situação de neutralidade.

23 DE MAIO — O Brasil assina acordo com os Estados Unidos para o fornecimento de matéria-prima para o esforço de guerra americano.

24 DE MAIO — O navio mercante brasileiro Gonçalves Dias é torpedeado e afundado pelo submarino alemão U-502, ao sul do Haiti, causando a morte de seis tripulantes.

1º DE JUNHO — O navio mercante brasileiro Alegrete é torpedeado e afundado pelo submarino alemão U-156, no mar do Caribe, entre as ilhas de Santa Lúcia e São Vicente.

5 DE JUNHO — O veleiro brasileiro Paracuy é torpedeado pelo submarino alemão U-159 no Atlântico Norte, sem afundar.

26 DE JUNHO — O navio mercante brasileiro Pedrinhas é torpedeado e afundado pelo submarino alemão U-203 ao largo da costa de Porto Rico. No mesmo dia, o navio mercante brasileiro Tamandaré é torpedeado e afundado pelo submarino alemão U-66, ao largo das ilhas caribenhas de Trinidad e Tobago, com a morte de seis dos tripulantes.

28 DE JUNHO — O submarino alemão U-155 torpedeia e afunda dois navios mercantes brasileiros — o Barbacena (com seis vítimas fatais) e o Piave (com apenas uma vítima fatal) — num espaço de poucas horas ao largo da cidade caribenha de Port of Spain, capital de Trinidad e Tobago.

16 DE AGOSTO — O submarino alemão U-507 ataca três navios mercantes brasileiros em locais próximos à costa sergipana: o Baependy (com 270 vítimas fatais), o Araraquara (com 131 vítimas fatais) e o Annibal Benévolo (com 150 vítimas fatais).

17 DE AGOSTO — O submarino alemão U-507 continua a atacar navios brasileiros, dessa vez na costa baiana — o Itagiba e o Arará, que socorria o primeiro —, deixando um saldo de 56 mortes.

19 DE AGOSTO — O U-507 afunda a pequena barcaça Jacira, ao largo da cidade baiana de Ilhéus.

22 DE AGOSTO — O Brasil declara guerra à Alemanha nazista e à Itália fascista.

26 DE AGOSTO — Um avião da FAB ataca e danifica um submarino alemão nas proximidades da cidade catarinense de Araranguá.

31 DE AGOSTO — O Decreto-Lei nº 10.358 formaliza o estado de guerra em todo o território brasileiro.

4 DE SETEMBRO — Após a declaração de guerra do Brasil à Alemanha e Itália, o relatório da confissão de Felix Becker é encaminhado ao ministro Eurico Gaspar Dutra.

27 DE SETEMBRO — Reinhard Heydrich é alvo de um atentado em Praga por uma equipe de soldados tchecos e eslovacos treinados pelos britânicos e morre uma semana depois dos ferimentos sofridos.

28 DE SETEMBRO — O submarino alemão U-514 torpedeia os navios mercantes brasileiros Osório (causando a morte de cinco tripulantes) e Lajes (causando a morte de três tripulantes) no litoral paraense.

29 DE SETEMBRO — O submarino alemão U-516 torpedeia o navio mercante brasileiro Antonico, ao largo da costa da Guiana Francesa, depois mata a tiros de metralhadora

dezesseis tripulantes que já estavam nos botes salva-vidas numa ação encarada como crime de guerra.

3 DE NOVEMBRO — O submarino alemão U-504 torpedeia e afunda o navio mercante brasileiro Porto Alegre (causando uma vítima fatal) no oceano Índico, ao largo de Port Elizabeth, na África do Sul.

22 DE NOVEMBRO — O submarino alemão U-163 torpedeia e afunda o navio mercante brasileiro Apaloide (causando a morte de cinco tripulantes) a leste das ilhas caribenhas das Pequenas Antilhas.

22 DE NOVEMBRO — Criação do campo de prisioneiros Chã de Estevão, na cidade pernambucana de Paulista. No total, sete estados brasileiros tiveram campos semelhantes: Pará, Pernambuco, Minas Gerais, Rio de Janeiro, São Paulo, Santa Catarina e Rio Grande do Sul.

1943

9 DE JANEIRO — O Brasil anuncia oficialmente a adesão à Organização das Nações Unidas e aos princípios definidos pela Carta do Atlântico.

13 DE JANEIRO — Uma patrulha aérea americana, que decolara da base aérea de Natal, afunda o submarino alemão U-507 no literal cearense, causando a morte de todos os 54 tripulantes.

29 DE JANEIRO — Os presidentes Getúlio Vargas e Franklin Delano Roosevelt se reúnem em Natal para definir as bases

da participação do Brasil no conflito, por intermédio de uma Força Expedicionária Brasileira (FEB), efetivamente criada em 15 de março.

9 DE FEVEREIRO — Um dos chefes da espionagem nazista no Brasil, Albrecht Gustav Engels, é capturado na então capital federal, Rio de Janeiro.

18 DE FEVEREIRO — O submarino alemão U-518 torpedeia e afunda o navio mercante brasileiro Brasiloide, nas proximidades do farol de Garcia d'Ávila, no litoral baiano.

1º DE MARÇO — O depoimento de Felix Becker é levado ao presidente Franklin Delano Roosevelt.

2 DE MARÇO — O submarino italiano Barbarigo torpedeia e afunda o navio de passageiros Affonso Pena, no litoral baiano, na proximidade do arquipélago dos Abrolhos, provocando a morte de 33 tripulantes e 92 passageiros.

7 DE MARÇO – A cerca de 81 milhas do cabo Hatteras, na Carolina do Norte, o navio Arabutan foi alvejado por um torpedo disparado pelo U-155, comandado pelo capitão-tenente Adolf Cornelius Piening.

26 DE MARÇO — Estabelecimento da Base Naval de Belém (PA).

27 DE MARÇO — Estabelecimento da Base Aérea de Natal (RN), assim como das Bases de Operação Naval de Fortaleza (CE), São Luís (MA), Maceió (AL), Recife (PE), Vitória (ES), Santos (SP), Florianópolis (SC) e Rio Grande (RS).

4 DE MAIO — O Staffelkapitän Egon Albrecht é condecorado com a Cruz de Cavaleiro da Ordem da Cruz de Ferro pelas suas quinze vitórias aéreas, além da destruição de onze aeronaves em solo, bem como de centenas de veículos, baterias de combate e diversos equipamentos estratégicos.
1º DE JULHO — O submarino alemão U-513 torpedeia e afunda o navio mercante brasileiro Tutoia, ao largo do litoral paulista, nas proximidades da cidade de Iguape, causando a morte de sete tripulantes.
4 DE JULHO — O submarino alemão U-590 torpedeia e afunda o navio mercante brasileiro Pelotasloide no litoral paraense, causando a morte de cinco tripulantes, resultando na trigésima embarcação brasileira a sofrer um ataque das forças do Eixo.
22 DE JULHO — O submarino alemão U-199 afunda o pesqueiro brasileiro Shangri-lá ao largo de Cabo Frio, provocando a morte dos seus dez tripulantes.
31 DE JULHO — O submarino alemão U-199 é afundado pelo hidroavião PBY Catalina Arará, comandado por Alberto Martins Torres, no litoral fluminense, a 37 milhas náuticas do sul de Maricá.
1º DE AGOSTO — O submarino alemão U-185 torpedeia e afunda o navio mercante brasileiro Bagé, ao largo da costa sergipana, causando a morte de vinte tripulantes e oito passageiros.
26 DE SETEMBRO — O submarino alemão U-161 torpedeia e afunda o navio mercante brasileiro Itapagé, ao largo da

costa alagoana, causando a morte de dezoito tripulantes e quatro passageiros.
23 DE OUTUBRO — O submarino alemão U-170 torpedeia e afunda o navio mercante brasileiro Campos, ao largo da costa paulista, nas proximidades do arquipélago de Alcatrazes, causando a morte de dez tripulantes e dois passageiros.
19 DE DEZEMBRO — A missão de vanguarda de oficiais brasileiros da FEB desembarca na cidade italiana de Nápoles a fim de preparar a chegada das tropas brasileiras.

1944

9 DE MARÇO — Estabelecimento da Base Aérea de Santa Cruz (RJ).
6 DE JUNHO — Desembarque das tropas aliadas nas praias da Normandia, França, no episódio conhecido como Dia D.
2 DE JULHO DE 1944 A 8 DE FEVEREIRO DE 1945 — Os soldados da FEB são transportados para o porto italiano de Nápoles em quatro viagens sucessivas realizadas nesse período, com um total de cinco escalões. No conjunto, as forças brasileiras na Segunda Guerra Mundial totalizaram 25.334 homens, dos quais 457 faleceram no teatro de operações. Entre o primeiro contingente de 5.379 pracinhas, figurava o descendente de alemães Frank Albrecht, cujo irmão, Egon, optara pelo campo inimigo, tornando-se piloto da Luftwaffe. No segundo contingente (congregando o 2º e o 3º escalões

da FEB), embarcado em 22 de setembro, se encontrava entre os mais de 11 mil soldados o brasileiro descendente de italianos Lucca Ferreira.

20 DE JULHO — O submarino alemão U-861 torpedeia e afunda o navio mercante brasileiro Vital de Oliveira, no litoral fluminense, na altura do farol de São Tomé.

5 DE AGOSTO — O 1º Escalão da FEB foi incorporado ao 5º Exército dos Estados Unidos.

16 DE SETEMBRO — As forças da FEB obtêm suas primeiras vitórias e ocupam as localidades de Massarosa, Camaiore e Monte Prano.

22 DE SETEMBRO — O 2º e o 3º escalões da FEB embarcam para a Europa.

6 DE OUTUBRO — Chegada do I Grupo de Caça da FAB a Nápoles, sendo incorporado ao 350º Grupo de Caça americano da 62º Brigada de Caça do XX Comando Aeronáutico do Mediterrâneo.

11 DE OUTUBRO — A FEB conquista a cidade de Barga.

30 DE OUTUBRO — A FEB conquista as seguintes localidades: Lama di Sotto, Lama di Sopra, Pradescello, Pian de los Rios, Collo e San Chirico.

25 DE DEZEMBRO — Lucca Ferreira consegue fazer a derradeira visita à sua avó agonizante, Lucretia Todeschini, no Ospedale Civile di Faenza.

1945

20 DE FEVEREIRO — Os aviões da Força Aérea Brasileira destroem a resistência alemã em Mazzancana.

21 DE FEVEREIRO — A FEB conquista Monte Castello.

5 DE MARÇO — A FEB conquista Castelnuovo.

14 DE ABRIL — A FEB conquista Montese.

21 DE ABRIL — A FEB conquista Zocca e Montalto.

25 DE ABRIL — Início da Conferência de São Francisco, com a participação de cinquenta países. A Carta de São Francisco estabelece os princípios normativos das Nações Unidas promulgados no dia 26 de julho, visando "preservar as gerações vindouras do flagelo da guerra que por duas vezes, no espaço de uma vida humana, trouxe sofrimentos indizíveis à humanidade".

28 DE ABRIL — A FEB conquista Collecchio.

29 DE ABRIL — Rendição da 148ª Divisão de Infantaria Alemã à FEB, após a batalha de Fornovo di Taro.

1º DE MAIO — A FEB ocupa Turim.

2 DE MAIO — Fim da guerra na Itália.

7 DE MAIO — O general Alfred Jodl assina a rendição incondicional das tropas alemãs às Forças Aliadas.

6 DE JUNHO — O Brasil declara guerra ao Japão.

6 DE JULHO A 19 DE SETEMBRO — Retorno das tropas brasileiras da Itália, efetuado em cinco escalões de embarque sucessivos.

6 DE AGOSTO — A bomba atômica Little Boy é lançada sobre a cidade japonesa de Hiroshima.
9 DE AGOSTO — A bomba atômica Fat Man é lançada sobre a cidade japonesa de Nagasaki.
15 DE AGOSTO — Rendição incondicional do Japão aos Aliados.
16 DE SETEMBRO — Final efetivo da Segunda Guerra Mundial, na frente asiática, com a rendição das últimas tropas japonesas.
24 DE OUTUBRO — Fundação da Organização das Nações Unidas.
20 DE NOVEMBRO — O Tribunal Militar Internacional (IMT) julga 21 dos mais importantes líderes sobreviventes da Alemanha nazista.

1947

MARÇO — Robert Kempner atua como advogado no julgamento do Tribunal Militar Internacional.

1960

2 DE MAIO — Agentes do Mossad chegam a Buenos Aires em missão secreta para capturar Adolf Eichmann e levá-lo a Israel para ser julgado por seus crimes.
22 DE DEZEMBRO — É realizada no Monumento aos Mortos da Segunda Guerra Mundial, no Aterro do Flamengo, a cerimônia de sepultamento dos restos mortais dos soldados

brasileiros (transladados do Cemitério de Pistoia, na Itália), com a presença do presidente da República, Juscelino Kubitschek, e do marechal Mascarenhas de Morais. Desconhecido de todos, também presenciou o evento histórico o ex-cabo nazista Karl Gustav Roleke, então recém-liberto de um longo período de encarceramento em presídios brasileiros.

1961

15 DE DEZEMBRO — Adolf Eichmann é julgado culpado e condenado à morte.

1962

31 DE MAIO — Adolf Eichmann é enforcado à meia-noite.

BIBLIOGRAFIA

A Conferência. Direção: Matti Geschonneck. Alemanha: ZDF e Constantin Film Verleih, 2022. 1 DVD (108 min).

ARENDT, Hannah. *Eichmann em Jerusalém*: um relato sobre a banalidade do mal. São Paulo: Companhia das Letras, 2000.

______. *Origens do totalitarismo*: antissemitismo, imperialismo, totalitarismo. São Paulo: Companhia de Bolso, 2013.

BARONE, João. *1942*: o Brasil e sua guerra quase desconhecida. Rio de Janeiro: Nova Fronteira, 2013.

BASCOMB, Neal. *Hunting Eichmann*: chasing down the world's most notorious Nazi. Londres: Quercus, 2013.

CARNEIRO, Maria Luiza Tucci. *O antissemitismo na era Vargas*. São Paulo: Perspectiva, 2001.

COSTA, Sérgio Corrêa da. *Crônica de uma guerra secreta*: nazismo na América: a conexão Argentina. Rio de Janeiro: Record, 2004.

CUNHA, Vasco Leitão da. *Diplomacia em alto-mar*: depoimento ao CPDOC. Rio de Janeiro: Editora FGV, 2003.

EDSEL, Robert M. *Caçadores de obras-primas*. Rio de Janeiro: Rocco, 2013.

EITAN, Rafi. *Capturing Eichmann*: the memoir of a Mossad spymaster. Londres: Greenhill Books, 2022.

FERRAZ, Francisco Cesar. *Os brasileiros e a Segunda Guerra Mundial*. Rio de Janeiro: J. Zahar Editor, 2005.

HILTON, Stanley E. *Hitler's Secret War in South America, 1939-1945*: German military espionage and allied counterespionage in Brazil. Louisiana: LSU Press, 1999.

KOIFMAN, Fabio. *Quixote nas Trevas*: o embaixador Souza Dantas e os refugiados do nazismo. Rio de Janeiro: Record, 2002.

LAGO, Luiz Aranha Corrêa do. *Oswaldo Aranha*: o Rio Grande e a Revolução de 1930. Rio de Janeiro: Nova Fronteira, 1996.

LEVIN, Ira. *The Boys from Brazil*. Nova York: Random House, 1976.

LONGERICH, Peter. *Wannsee*: the road to the final solution. Oxônia: Oxford University Press, 2021.

MAX, Hastings. *Inferno*: The World at War, 1939-1945. Nova York: Knopf Doubleday Publishing Group, 2011.

MAZOWER, Mark. *Hitler's Empire*: Nazi Rule in Occupied Europe. Londres: Allen Lane, 2008.

NETO, Lira. *Getúlio (1882-1930)*: dos anos de formação à conquista do poder. São Paulo: Companhia das Letras, 2012.

NETO, Lira. *Getúlio (1930-1945)*: do governo provisório à ditadura do Estado Novo. São Paulo: Companhia das Letras, 2013.

ROUDINESCO, Elisabeth. *Retorno à questão judaica*. São Paulo: Zahar, 2010.

SANDER, Roberto. *O Brasil na mira de Hitler*: a história do afundamento de navios brasileiros pelos nazistas. Rio de Janeiro: Objetiva, 2007.

SARTRE, Jean-Paul. *A questão judaica*. São Paulo: Ática, 1995.

THE Wannsee Conference. Direção: Willy Lindwer. Alemanha: AVA Productions e EO Television, 1992. 1 DVD (50 min).

WILLMOTT, H. P.; MESSENGER, Charles; CROSS, Robin. *World War II*. Londres: DK Publishing, 2012.

Foram consultados ainda os arquivos dos jornais *O Globo* e *Jornal do Brasil*, das revistas semanais e da Força Expedicionária Brasileira, assim como os documentos originais disponibilizados pelos governos dos Estados Unidos e do Brasil na internet, bem como diversos outros *sites* focalizando a participação brasileira no conflito e o afundamento dos navios mercantes nacionais.

Este livro foi composto na tipografia Minion Pro,
em corpo 11,5/15, e impresso em
papel off-white no Sistema Cameron da
Divisão Gráfica da Distribuidora Record.